会 讲 故 事 的 童 书

图说诗经

少年读国学

谢晁　解玺璋　主编

读者出版社

图书在版编目（CIP）数据

图说诗经 / 谢冕，解玺璋主编. -- 兰州：读者出版社, 2023.1
（少年读国学）
ISBN 978-7-5527-0688-8

Ⅰ.①图… Ⅱ.①谢…②解… Ⅲ.①古体诗－诗集－中国－春秋时代 Ⅳ.① I222.2

中国版本图书馆 CIP 数据核字（2022）第 090888 号

少年读国学·图说诗经
谢冕　解玺璋　主编

责任编辑　漆晓勤
封面设计　田　松　李果果

出版发行　读者出版社
地　　址　兰州市城关区读者大道 568 号（730030）
邮　　箱　readerpress@163.com
电　　话　0931-2131529（编辑部）　0931-2131507（发行部）

印　　刷　山东新华印务有限公司
规　　格　开本 880 毫米 ×1230 毫米　1/32
　　　　　印张 9.5　字数 173 千
版　　次　2023 年 1 月第 1 版
　　　　　2023 年 1 月第 1 次印刷
书　　号　ISBN 978-7-5527-0688-8
定　　价　68.00 元

如发现印装质量问题，影响阅读，请与出版社联系调换。
本书所有内容经作者同意授权，并许可使用。
未经同意，不得以任何形式复制。

国风·周南

- 002　关雎
- 006　卷耳
- 009　樛木
- 012　螽斯
- 015　桃夭
- 018　芣苢
- 022　汉广
- 026　汝坟

国风·召南

- 032　采蘩
- 035　草虫
- 039　甘棠
- 041　摽有梅
- 043　小星

目录

诗经

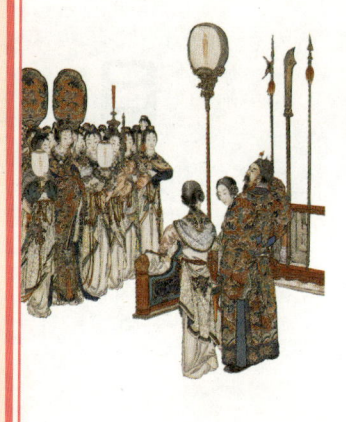

045　何彼襛矣
048　驺虞

国风·邶风

052　柏舟
057　绿衣
060　燕燕
063　击鼓
066　凯风
069　式微
071　简兮
074　北风
077　静女

国风·鄘风

082　柏舟
085　桑中

088　鹑之奔奔

090　相鼠

092　载驰

国风·卫风

098　淇奥

103　硕人

108　氓

116　河广

118　伯兮

122　木瓜

国风·王风

126　黍离

130　君子于役

133　葛藟

137　采葛

国风 · 郑风

140　叔于田
142　清人
145　羔裘
147　女曰鸡鸣
150　有女同车
152　山有扶苏
154　褰裳
156　风雨
159　子衿
161　出其东门
163　野有蔓草
165　溱洧

国风 · 齐风

172　鸡鸣
174　东方未明

176　卢令

国风·魏风

180　陟岵

183　十亩之间

185　伐檀

189　硕鼠

国风·唐风

194　蟋蟀

198　山有枢

202　绸缪

205　鸨羽

208　葛生

国风·秦风

212　蒹葭

215　黄鸟

219　晨风
221　无衣

国风·陈风

226　衡门
228　墓门
230　防有鹊巢
232　月出

国风·曹风

236　蜉蝣

国风·豳风

240　七月
251　鸱鸮
254　东山

小雅

- 262 鹿鸣
- 266 常棣
- 271 伐木
- 278 鹤鸣
- 281 青蝇

大雅

- 286 既醉
- 290 噫嘻

周南

西周初期，周武王去世后，儿子周成王继位。成王年纪幼小，不足以统摄天下，为加强统治力量，周公姬旦和召公姬奭（shì）（均为武王同辈）作为西周宗室，分陕而治。周公管理陕地以东，统治东方诸侯。传说周公制礼作乐，是西周典章制度的主要创制者，因此生活在『礼崩乐坏』时代的孔子，一生十分推崇周公，尊周公为圣人。『周南』是周公统治下的南方地区的民歌，可能在今陕西、河南、湖北之间（历来有争议），年代可能包括西周和东周，统称为『周南』。『周南』共十一篇，多中正和平之音，历来被视为正风的典型、诗教的典范。

国风·周南

国风

《诗经》分为「风」「雅」「颂」三个组成部分。「风」是指周初至春秋时各诸侯国的民间诗歌，共有「十五国风」，包括《周南》《召（shào）南》《邶（bèi）风》《鄘（yōng）风》《卫风》《王风》《郑风》《齐风》《魏风》《唐风》《秦风》《陈风》《桧（kuài）风》《曹风》《豳（bīn）风》。这是《诗经》的精华部分，大部分是由劳动人民创作，反映当时人民的生活和感情，其中有对美好爱情的向往，有对辛勤劳动的赞美，有对背信弃义的批判，也有对压迫剥削的揭露……因为地域不同，各国民风有所差异，因此「十五国风」分别展现了不同的精神面貌。

关雎

关关雎鸠❶,　　　　　　关关鸣叫两雎鸠,
在河之洲。　　　　　　相伴河中那小洲。
窈窕淑女❷,　　　　　　女子美丽且文静,
君子好逑❸。　　　　　　可作君子好配偶。
参差荇菜❹,　　　　　　荇菜长长又短短,
左右流之❺。　　　　　　向左向右快采收。
窈窕淑女,　　　　　　美丽文静好女子,
寤寐求之❻。　　　　　　睡着醒着都想求。
求之不得,　　　　　　追她求她求不到,
寤寐思服❼。　　　　　　睡着醒着都思念。
悠哉悠哉❽,　　　　　　思呀念呀情不断,
辗转反侧❾。　　　　　　翻来覆去难入眠。
参差荇菜,　　　　　　荇菜长长又短短,
左右采之。　　　　　　向左向右去采摘。
窈窕淑女,　　　　　　美丽文静好女子,
琴瑟友之❿。　　　　　　弹琴鼓瑟去亲近。

国风·周南

参差荇菜，
左右芼之⑪。
窈窕淑女，
钟鼓乐之⑫。

荇菜长长又短短，
向左向右去选择。
美丽文静好女子，
听钟听鼓心快乐。

注释

① 关关雎鸠（jū jiū）：雎鸠是一种水鸟；关关是水鸟的叫声。

② 窈窕（yǎo tiǎo）淑女：窈窕，叠韵联绵词，纯洁美好；淑女：美好善良的女子。

③ 逑："仇"的假借字，意指配偶。

④ 参差（cēn cī）荇（xìng）菜：参差是指长短、大小不一；荇菜是一种可以食用的水草，根茎柔软多枝。

⑤ 流：顺着水流摘取。

⑥ 寤寐：寤，醒着；寐，睡着。

⑦ 思服：思念。

⑧ 悠哉悠哉："悠"有想念的意思，"悠悠"有时间长的意思；"哉"则表示感叹。

⑨ 辗转反侧：翻来覆去。

⑩ 琴瑟友之：琴、瑟是古代乐器；友，亲近。

⑪ 芼（mào）：挑选。

⑫ 钟鼓乐之：钟鼓是古代乐器；乐，使动用法，使……快乐，也有人认为"乐"通"悦"。

解析

　　一个人只要活着，就会有情感。正因为有了情感，才有人类社会。男女之情是人的本性，是最基本、最正常的情感。每个人都有情感，但对待情感的方式各有不同。

　　《关雎》这首诗中：一名男子走在河边，看到水鸟成双成对鸣

叫，他想起了自己喜欢的女子。那女子的性格就像这柔顺的荇菜一样温和，叫这男子日夜思念。他虽然思念着心上人，却没有做出放肆的言谈、出格的举动。他用琴瑟和钟鼓去取悦女子，一举一动都符合当时的礼仪，体现了谦谦君子的风范。他的快乐和悲伤，都表达得恰到好处。

孔子评价《关雎》这首诗："乐而不淫，哀而不伤。"快乐却不至于放纵，哀愁却不至于自暴自弃。这位君子的快乐和哀愁都有节制，不至于损伤自己和他人，他的行为是男女恋爱的典范，所以孔子将这首诗放在《诗经》开篇，以此纠正那些不适度的情感和行为。

卷耳

采采卷耳❶,　　　　　采呀采呀采卷耳,
不盈顷筐❷。　　　　总是采不满一筐。
嗟我怀人❸,　　　　　可叹我心思念人,
寘彼周行❹。　　　　将筐丢在大路旁。
陟彼崔嵬❺,　　　　　登上高高山巅上,
我马虺隤❻。　　　　马儿疲惫腿发软。
我姑酌彼金罍❼,　　　且把酒杯斟上酒,
维以不永怀❽。　　　喝完思念能稍缓。
陟彼高冈,　　　　　　登上高高山冈上,
我马玄黄❾。　　　　马儿疲病眼又花。
我姑酌彼兕觥❿,　　　且把酒杯斟上酒,
维以不永伤。　　　　喝完莫提伤心话。
陟彼砠矣⓫,　　　　　登上高高乱石山,
我马瘏矣⓬。　　　　马儿疲病已累瘫。
我仆痛矣⓭,　　　　　我的仆人也累垮,
云何吁矣⓮。　　　　这份忧愁何时完。

注释

① 采采：采了又采，形容茂盛。卷耳：植物名，今名"苍耳"，古时为野菜，嫩叶炒熟可食，但滑而少味。也可作药用。

② 盈：满。顷筐：浅的筐子，前低后高。

③ 嗟：叹词。怀人：怀念的人。

④ 寘：同"置"，放下。彼：指示代词，那。周行（háng）：大道。

⑤ 陟（zhì）：登。崔嵬：高而不平的土石山。

⑥ 虺隤（huī tuí）：疲惫至极的样子。

⑦ 姑：姑且。酌：斟酒。金罍：酒器。金，这里指青铜。

⑧ 维：发语词。以：以此。永：长。怀：思念。

⑨ 玄黄：马病的样子。

⑩ 兕觥（sì gōng）：用犀牛角制的酒杯。

⑪ 砠（jū）：多石的山。

⑫ 瘏（tú）：马病不前。

⑬ 痡（pū）：人疲病不能前进。

⑭ 云：语助词，无实义。何：多么。吁：忧愁。

解析

这是《诗经》中的第三首诗,描写丈夫在外行役,妻子在家思念丈夫的内容。至于诗的主人公究竟是妻子还是丈夫,下面我们来加以分析。

第一章节主要讲述妻子采集卷耳的情节,妻子因为心情忧闷而无法专心劳作,以至于采了半天也没有采满一筐。第二、三、四章节讲述的是丈夫登山饮酒、思念妻子的情景,马儿疲惫,仆人病困,出门在外的日子是如此难熬。"金罍""兕觥"等物品均为贵族所用,我们可以推断男主人公不是普通劳动百姓。

如果诗的主人公是妻子,那么后三段的场景,便是妻子在设想丈夫征途中的劳苦困顿。如果诗的主人公是丈夫,那么第一段便是丈夫在想象妻子采集卷耳时的缱绻相思。当然,还有第三种可能,妻子和丈夫都是诗的主人公,他们虽然各处一地,而情感却是同步的,这首诗便如同"隔山对唱"一般,相互照应。这是"花开两朵,各表一枝"的写法。

还有人认为,这首诗中所写的场景都不是实景,而是随着诗人心绪变化而不断涌现的"思之变境"。诗人于"一室之中",忽然想到采集卷耳的场景,又想到登高饮酒的画面,一下又马疲仆病,如同梦境一般,莫名出现,旋即又破灭。缭绕纷纭,聚集在诗人心上,最终化为一句无可奈何的长叹——"云何吁矣!"

樛木

南有樛木❶,　　　　　　　南方有树高又弯,
葛藟累之❷。　　　　　　　野生藤蔓来缠绕。
乐只君子❸,　　　　　　　这位快乐好君子,
福履绥之❹。　　　　　　　福禄双全保平安。
南有樛木,　　　　　　　　南方有树高弯处,
葛藟荒之❺。　　　　　　　野生藤蔓来盖覆。
乐只君子,　　　　　　　　这位快乐好君子,
福履将之❻。　　　　　　　福禄双全多扶助。
南有樛木,　　　　　　　　南方有树枝纵横,
葛藟萦之❼。　　　　　　　野生藤蔓来牵萦。
乐只君子,　　　　　　　　这位快乐好君子,
福履成之❽。　　　　　　　福禄双全度一生。

注释

❶ 樛(jiū)木:枝条向下弯曲的树木。
❷ 葛藟(gé lěi)累(léi)之:葛藟,野生藤蔓植物,攀援依附在大树上生长;累,缠绕。
❸ 只:语助词,无实义。

❹ 福履绥(suí)之：福履，即福禄；绥，安。

❺ 荒：覆盖。

❻ 将：扶助。

❼ 萦：萦绕。

❽ 成：成就，成全。

解析

这是祝福君子福禄双全的诗，其中运用了"赋""比""兴"的表现手法。

所谓"赋"：就是直接说出想说的内容。"乐只君子，福履绥之"（这位快乐好君子，福禄双全保平安），这句诗没有任何比拟，意思直截了当，很好理解，就是"赋"。

所谓"比"：是用其他事物，来比作者真正要说的事物。"南有樛木，葛藟累之"（南方有树高又弯，野生藤蔓来缠绕），意为藤蔓依靠大树，就好比妻子依靠丈夫。藤蔓和大树如此茂盛，就好比家庭兴旺。作者不直接说，却暗含了这些意思。

所谓"兴"：是先说出其他事物，营造出气氛，带出节奏和韵律，再引出真正想说的事物。《樛木》一诗开头，先说藤蔓攀援树木，营造兴旺和谐的气氛，再提出对君子的祝福，这就是"兴"。一句诗既是"比"，又是"兴"，就合称为"比兴"。

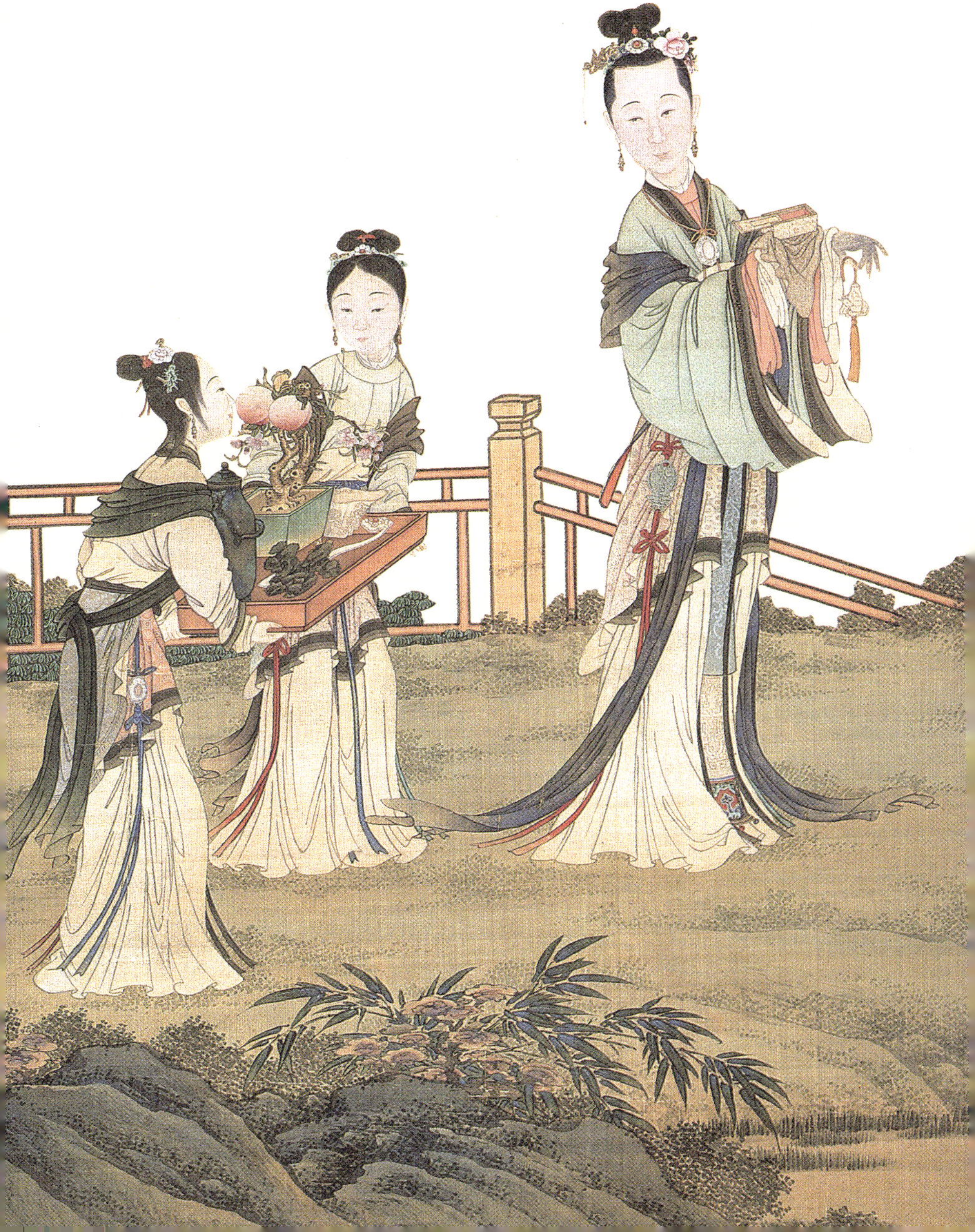

螽斯

螽斯羽❶,　　　　　　　蝗虫扇动小翅膀,
诜诜兮❷。　　　　　　密密麻麻聚一方。
宜尔子孙❸,　　　　　　你们多子又多孙,
振振兮❹。　　　　　　繁盛振奋聚一堂。
螽斯羽,　　　　　　　　蝗虫扇动小翅膀,
薨薨兮❺。　　　　　　成群飞舞嗡嗡忙。
宜尔子孙,　　　　　　你们多子又多孙,
绳绳兮❻。　　　　　　连续不断真绵长。
螽斯羽,　　　　　　　　蝗虫扇动小翅膀,
揖揖兮❼。　　　　　　成群聚集当空翔。
宜尔子孙,　　　　　　你们多子又多孙,
蛰蛰兮❽。　　　　　　和谐安乐幸福长。

注释

❶ 螽（zhōng）斯：蝗一类的虫。羽：指翼，翅膀。
❷ 诜诜（shēn）：形容众多群集的样子。
❸ 宜：多，即多尔子孙。尔：指诗人所祝的人。
❹ 振振：繁盛振奋的样子。

❺ 薨薨（hōng）：昆虫群飞的声音。
❻ 绳绳：众多密集的样子。
❼ 揖揖（jí）：群聚的样子。揖，同"集"。
❽ 蛰蛰（zhé）：众多遍布的样子。

解析

　　这首诗的结构非常简单，每个章节只更换两个叠词，歌成三章。几个叠词新颖生动，都有众多、聚集、繁盛等含义，读来仿佛见到螽斯成群结队，一片欢声雷动的景象，气势宏大，动人心魄，诗人真可谓写生妙手。

螽斯就是蝗虫，身长而青，长脚长股，繁殖能力特别强，据说"一生九十九子"。当时人们生产能力低下，非常羡慕螽斯的繁殖特征，甚至用它来比拟和祝福子孙繁荣昌盛。因此《螽斯》被认为是一首祝福人丁兴旺的诗。但是，蝗虫是一种害虫，蝗虫纷纷飞翔，吃尽庄稼，人们怎么会对它发出赞美呢？因此也有人认为，这首诗是在讽刺剥削者子孙众多，夺尽农民的粮谷。

　　其实，古时的人们擅长发现昆虫的美丽，常用昆虫来形容人。《诗经·硕人》诗中，作者形容美女"领如蝤蛴（脖子像天牛的幼虫）"，"螓首（宽广的额头像一种蝉）蛾眉（眉毛像蛾子的触须）"，《诗经·都人士》诗中，形容女子"卷发如虿（卷起的头发像长尾蝎）"，可见昆虫在《诗经》中的象征性意象的描述。

桃夭

桃之夭夭❶，	桃花桃花正怒放，
灼灼其华❷。	鲜红明艳如火烧。
之子于归❸，	这位姑娘嫁过来，
宜其室家❹。	家庭和顺乐陶陶。
桃之夭夭，	桃花桃花正怒放，
有蕡其实❺。	桃子繁多又硕壮。
之子于归，	这位姑娘嫁过来，
宜其家室。	早生贵子家兴旺。
桃之夭夭，	桃花桃花正怒放，
其叶蓁蓁❻。	桃叶茂盛已成熟。
之子于归，	这位姑娘嫁过来，
宜其家人。	共建家庭人和睦。

注释

❶ 夭夭：鲜艳繁盛的样子。

❷ 灼灼（zhuó）其华：灼灼，花朵鲜艳如火；华，"花"的古字。

❸ 之子：这个姑娘。归：出嫁。

❹ 宜：和顺、亲善。

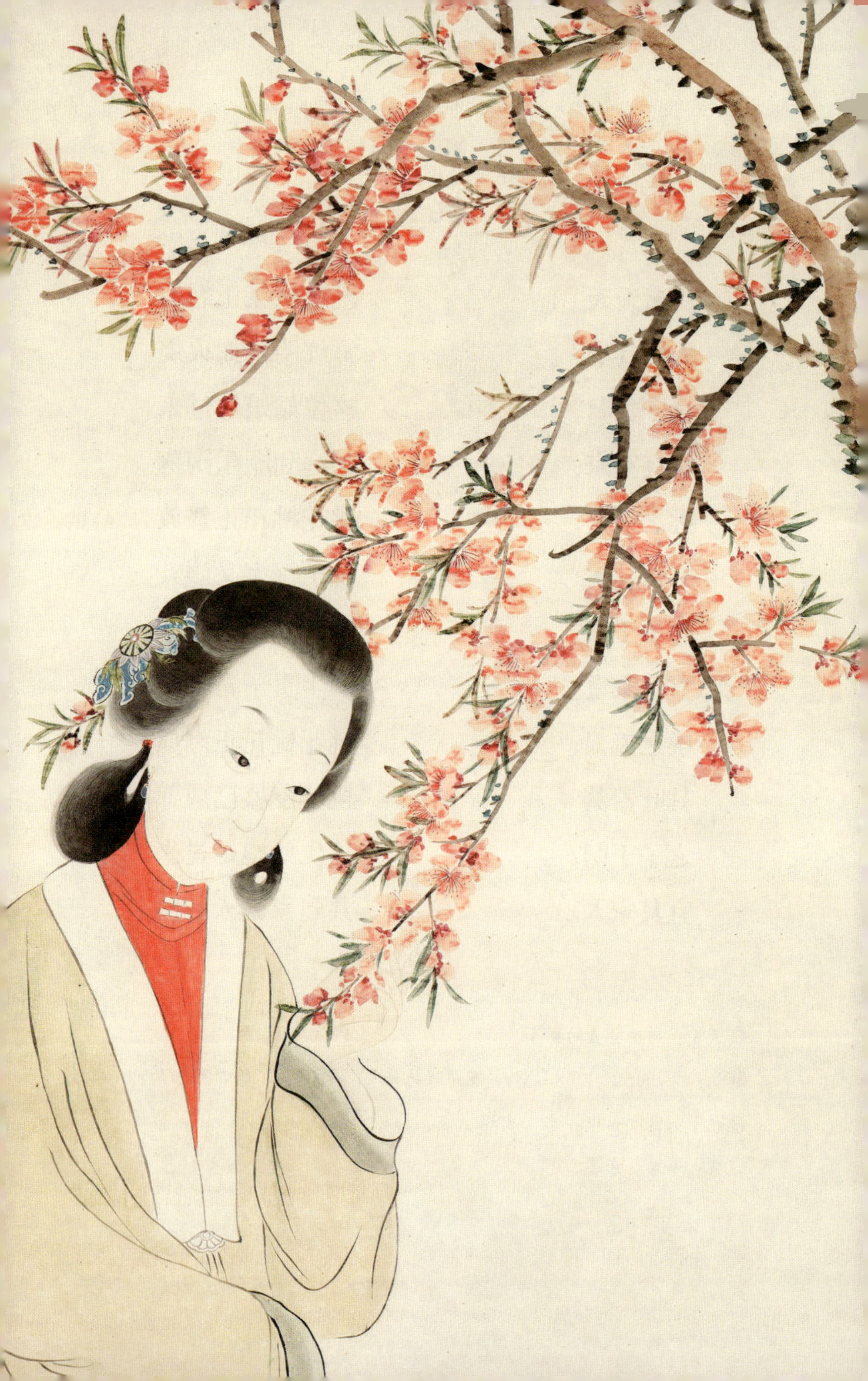

❺ 有蕡（fén）：即蕡蕡，指草木结果又大又多，比喻子孙兴旺。
❻ 蓁蓁（zhēn）：草木茂盛的样子。

解 析

一个桃花怒放的春天，一名女子正在出嫁。路上鲜红艳丽的桃花，如同灼灼燃烧的火焰，照耀着新娘美丽的容颜。桃花和美人互相映衬，叫人赏心悦目。这首诗被清代学者姚际恒评价为"开千古词赋咏美人之祖"。

诗的第一章，明艳的桃花照耀着刚出嫁的女子，喻示着她那大好的青春年华；第二章，桃树结了果子，喻示女子出嫁后早生贵子；第三章，桃树叶子茂盛生长，喻示女子家庭和睦兴旺。这首诗对后世影响极大，比如：唐代崔护的"人面桃花相映红"，就是从《桃夭》化用而来；唐代杜牧的"绿叶成阴子满枝"，也是比喻女子出嫁后子孙满堂。

《诗经》中的诗都有其特定的含义，也有特定的演奏场合。《桃夭》是古人婚嫁时演奏的乐曲，正如在当今社会，结婚殿堂里会播放喜庆的音乐一样。据说直到20世纪初期，一些乡村在举办婚礼时，还有歌唱《桃夭》来祝福新郎新娘的风俗。

芣苢

采采芣苢①,　　　　　采呀快采车前草,
薄言采之②。　　　　我们赶紧过来采。
采采芣苢,　　　　　采呀快采车前草,
薄言有之③。　　　　赶紧过来多采摘。
采采芣苢,　　　　　采呀快采车前草,
薄言掇之④。　　　　伸长手臂拾取来。
采采芣苢,　　　　　采呀快采车前草,
薄言捋之⑤。　　　　顺着茎儿捋下来。
采采芣苢,　　　　　采呀快采车前草,
薄言袺之⑥。　　　　提着衣襟兜起来。
采采芣苢,　　　　　采呀快采车前草,
薄言襭之⑦。　　　　扎起衣襟往里塞。

注释

① 采采:采了又采。芣苢(fú yǐ):即车前草。
② 薄言:语助词。
③ 有:取得。

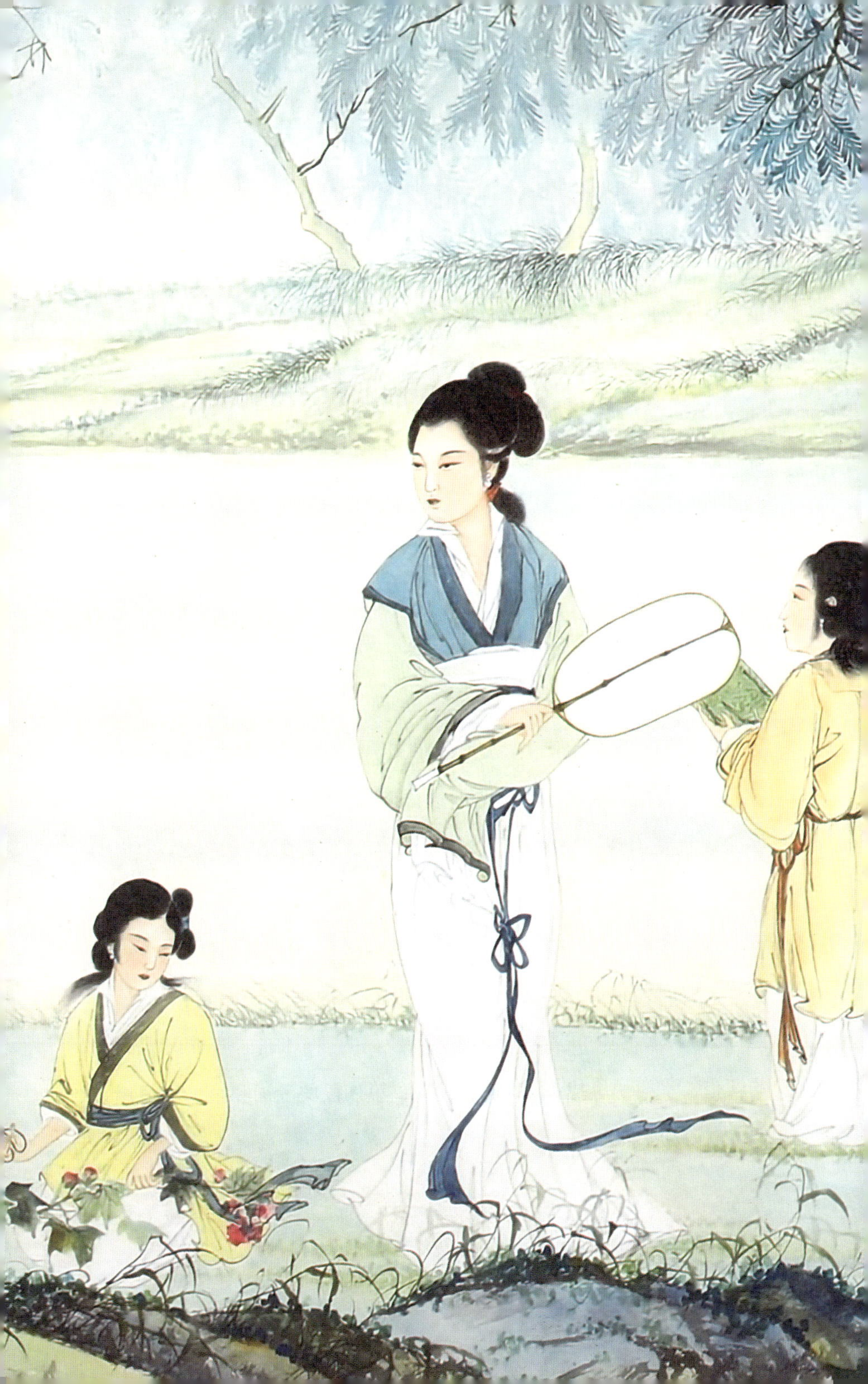

④ 掇（duō）：伸长手臂去拾取。
⑤ 捋（luō）：顺着茎滑动，以成把采摘。
⑥ 袺（jié）：提着衣襟兜起来。
⑦ 襭（xié）：把衣襟扎在衣带上，再往里面塞东西。

解析

诗中的"芣苢"，就是车前草。车前草是一种草本植物，可以当野菜吃，也可以拿来入药。车前草的花序是穗状的，结籽特别多，这首诗可能含有"多子多孙"的吉祥寓意。

这首诗类似于"劳动号子"，重（chóng）章叠唱的方式，让气氛变得非常欢乐。我们仿佛看到一群活泼俏皮的女子，在野外不停地采摘"芣苢"。

什么叫"重章叠唱"？就是指在文学作品中，不同段落的同一位置，有着相同或相近的语句。这首诗三个段落几乎一模一样，许多字眼重复出现，只改动了少许地方。这种现象在《诗经》中很常见。

直到今天，我们唱歌时依旧保留这个习惯，比如《世上只有妈妈好》歌词："世上只有妈妈好，有妈的孩子像块宝，投进妈妈的怀抱，幸福享不了。世上只有妈妈好，没妈的孩子像根草，离开妈妈的怀抱，幸福哪里找？"我们会发现，第二段的歌词和第一段很相似，只改动了几个字。

句子重复出现，是为了强化主题；改动少许字眼，是为了增加节奏感和变化感。《芣苢》这首诗，每章虽然只改变了几个动词，这些动作却是一步一步递进的：从"伸长手臂采摘"，到"顺着茎儿一捋"，再"提着衣襟兜着"，最后兜不下了，只好"扎起衣襟塞入"，这是一个完整的劳动过程。

汉广

南有乔木①,　　　　　南方有树高又高,
不可休思②。　　　　　不能休息多烦恼。
汉有游女③,　　　　　汉水有位好姑娘,
不可求思。　　　　　不可追求伤怀抱。
汉之广矣,　　　　　汉水浩荡宽又长,
不可泳思。　　　　　不能游泳到那方。
江之永矣④,　　　　　江水渺茫长又宽,
不可方思⑤。　　　　　小小木筏不可航。
翘翘错薪⑥,　　　　　高高柴草乱交错,
言刈其楚⑦。　　　　　砍下荆条当柴火。
之子于归,　　　　　姑娘如若肯嫁我,
言秣其马⑧。　　　　　替她把马先喂妥。
汉之广矣,　　　　　汉水浩荡宽又长,
不可泳思。　　　　　不能游泳到那方。
江之永矣,　　　　　江水渺茫长又宽,
不可方思。　　　　　小小木筏不可航。

国风·周南

翘翘错薪，	地里柴草高又高，
言刈其楚⁹。	打柴要割蒌蒿草。
之子于归，	姑娘如若肯嫁我，
言秣其驹⑩。	替她把马先喂饱。
汉之广矣，	汉水浩荡宽又长，
不可泳思。	不能游泳到那方。
江之永矣，	江水渺茫长又宽，
不可方思。	小小木筏不可航。

注释

❶ 乔木：高耸而少枝叶的大树。

❷ 休思：休，休息。思，语助词，无实义。

❸ 汉：水名，源出陕西省西南宁羌县，东流至湖北省汉阳入长江。游女：出游的女子。

❹ 江：长江。永：长。

❺ 方：水中木筏，这里是指乘木筏通过的意思。

❻ 翘翘：高高的样子。错薪：杂乱的柴草。

❼ 刈（yì）：割。楚：即黄荆，一种落叶灌木。魏源《诗古微》说，《诗经》中之所以言嫁娶而常用砍伐柴薪来起兴，是因为古代结婚在傍晚，必以柴草作为火炬照明的缘故。其他如《南山》中的"析薪"，《车辖》中的"析柞"，《绸缪》中的"束薪"，《豳风》中的《伐柯》，都是这种情况。

023

⑧ 秣（mò）其马：喂马。
⑨ 蒌（lóu）：即蒌蒿，多年生草本植物，多见于河边、路旁或山坡，嫩苗可食。
⑩ 驹：五尺以上的马。

解析

　　这首诗每章后四句相同，这种"重章叠句"的方式和许多民歌是一样的，可能前四句是独唱，后四句是合唱。诗词之妙，在于反复吟咏，反复陈述的"不可求思"，当是感慨重心所在。

　　关于"游女"有不同解释，有人认为是汉水的女神，类似于《楚辞》中的"湘夫人"。也有人认为汉水就是古代的湘水，"汉之二女"就是娥皇、女英二妃。还有人认为这是咏"郑交甫遇汉水女神"的故事。郑交甫，相传为周朝人。他曾在汉江游玩时见到两个女子，她们穿着华丽的服装，佩戴着两个像鸡蛋一样大的明珠。交甫看到了很喜欢，但他不知道她们是神仙，就前去请求女子将佩戴的珠子送给自己。女子亲手解下佩珠，交甫接手揣在怀中，转身离开后，忽然发现怀中空空如也，明珠不见了，回头再看，二女也不见了。汉水女神，不可得而求之，与这首《汉广》的诗意有相通之处。

　　不过，《汉广》全诗并未带有明显的神话色彩，反倒更像世俗生活的一面，所以"游女"应该是指在江边游玩的女子。浩荡的汉水边，一位男子见到美丽的"游女"，心生爱意，便唱起了情歌。乔木下不可以休息，以此起兴，引出游女不可以求得。"汉之广矣""江之永矣"是指靠近游女时的障碍，这"游女"像神女一般可望而不可即。男子明知得不到女子，却仍然一往情深，不能忘怀。他想象着如果女子愿意嫁给自己，自己该怎样喂饱马儿去迎娶。

因为诗中出现了"错薪""刈楚""秣马"等字眼，有人便认为诗人是一名樵夫，这首诗是一首砍柴时唱的歌，是诗人聊写幽思，自适其意而已，这"游女"并非真有所指。这种推断也有道理。

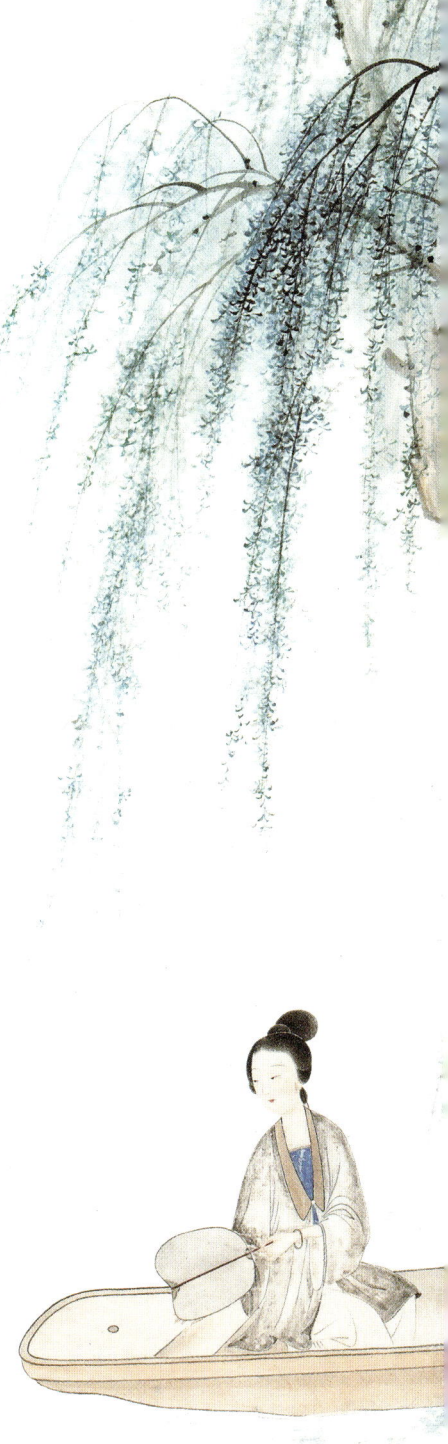

汝坟

遵彼汝坟①,　　　　　　　沿着汝水河边走,
伐其条枚②。　　　　　　 砍伐树干细枝条。
未见君子③,　　　　　　　没有见到夫君面,
惄如调饥④。　　　　　　 如同饥饿真煎熬。
遵彼汝坟,　　　　　　　　沿着汝水河边走,
伐其条肄⑤。　　　　　　 再次砍掉新枝条。
既见君子,　　　　　　　　已经见到夫君面,
不我遐弃⑥。　　　　　　 不再远走把我抛。
鲂鱼赪尾⑦,　　　　　　 鲂鱼尾巴多鲜红,
王室如毁⑧。　　　　　　 王室虐政如火烧。
虽则如毁,　　　　　　　　虽然虐政似烈火,
父母孔迩⑨。　　　　　　 父母不远莫忘掉。

注释

❶ 遵:沿着。汝:汝水,源出河南天息山,东南流入淮河。坟:堤岸。

❷ 条:树枝。枚:树干。

❸ 君子:妻子对丈夫的通称。

❹ 惄(nì):相思之愁。调(zhāo)饥:早晨的饥饿。调,同"朝"。

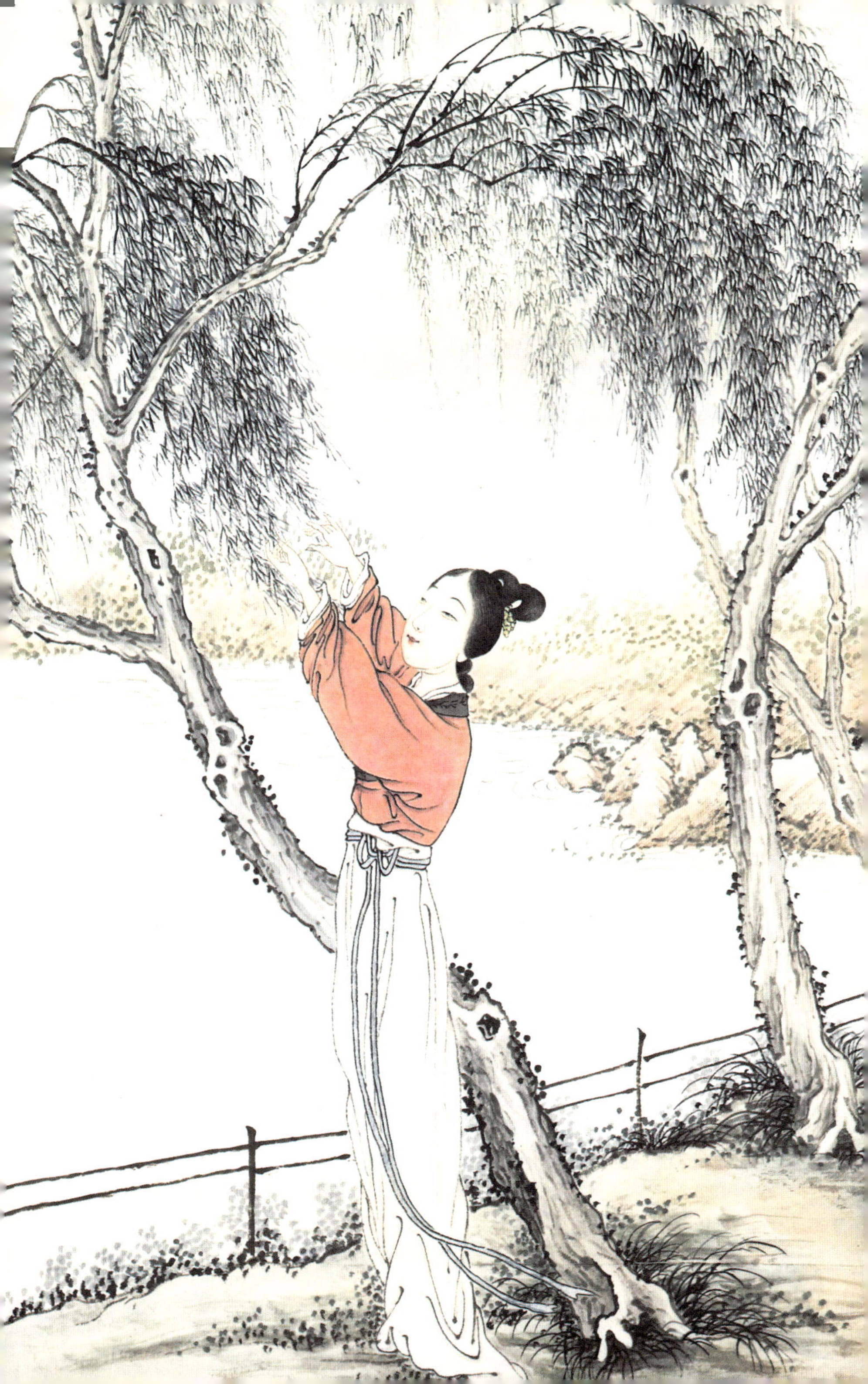

⑤ 肄（yì）：再生的嫩条。

⑥ 遐弃：疏远遗弃。这句是倒装句，正常的语序为"不遐弃我"。

⑦ 鲂（fáng）：鳊鱼，鱼纲鲤科，身体侧扁，头小而尖，鳞较细，生活在淡水中，肉味鲜美。赪（chēng）：红。

⑧ 毁：通"燬"，烈火，形容国事紧急。

⑨ 孔：甚、很。迩：近。清代的马瑞辰说，这句话的意思是妻子说给丈夫的，大意是国事虽然紧急，你为什么不顾念父母呢，父母不应该更亲近吗？

解析

"汝坟"指的是汝河堤边。从语气上看，诗的作者是个女子，她徘徊在汝水旁边，时不时砍下一些树枝，同时思念着她的丈夫。这首诗所作的年代众说纷纭，我们这里不作讨论，单就诗歌的技巧来谈谈。

最有趣的是"未见君子，惄如调饥"这句，作者将看不见摸不着的相思之苦，化为一种人人皆可感受到的苦：饥饿。诗人通过肚子饥饿来形象地比喻思念君子的焦心。饥饿是身体得不到满足，而相思是情感得不到满足。魏晋时期诗人徐干也有过类似的表述："不聊忧餐食，慊慊常饥空。"不是缺少吃的东西，但自己总感到腹中饥饿空虚，因为没有恋人的抚慰。第三章"鲂鱼赪尾"也是比喻，鲂鱼的尾巴是赤色的，如同火烧一般。诗人看到火红的鱼尾，联想到王室如遭烈火，事态非常紧急。

比喻是一种常用的修辞手法，用和甲事物有相似点的乙事物，来描写或说明甲事物。比如："大漠沙如雪，燕山月似钩。"用雪比喻沙，它们的共同点是白；用钩比喻月亮，它们的共同点是弯。这是以物比物。

还有另外一种比法：乙事物通俗易懂，甲事物不那么好懂，所以要"打比方"。例如："不知细叶谁裁出，二月春风似剪刀。"将不可描摹的春风，比喻成具体形象的剪刀。又如："问君能有几多愁，恰似一江春水向东流。"将无形的愁苦，比喻成可见的江水，江水浩荡无边，如同愁绪无穷无尽。这与《汝坟》的比喻更接近，都是化抽象为具象。无论怎么比喻，都是要找出两个事物之间的共同点。

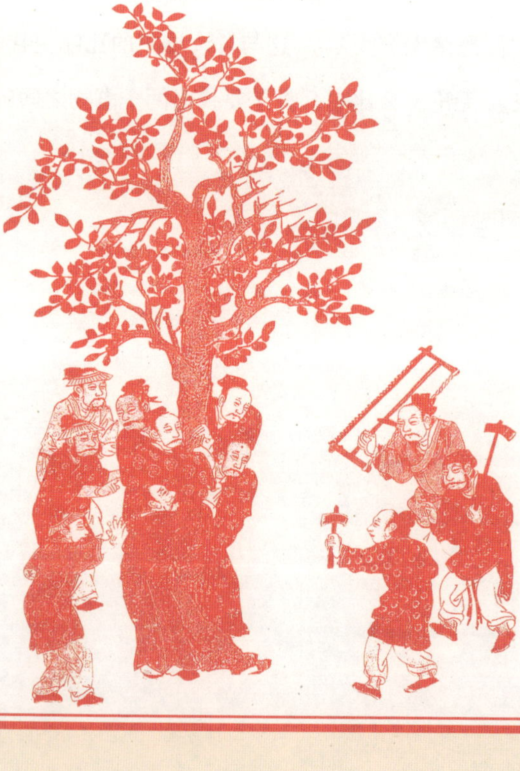

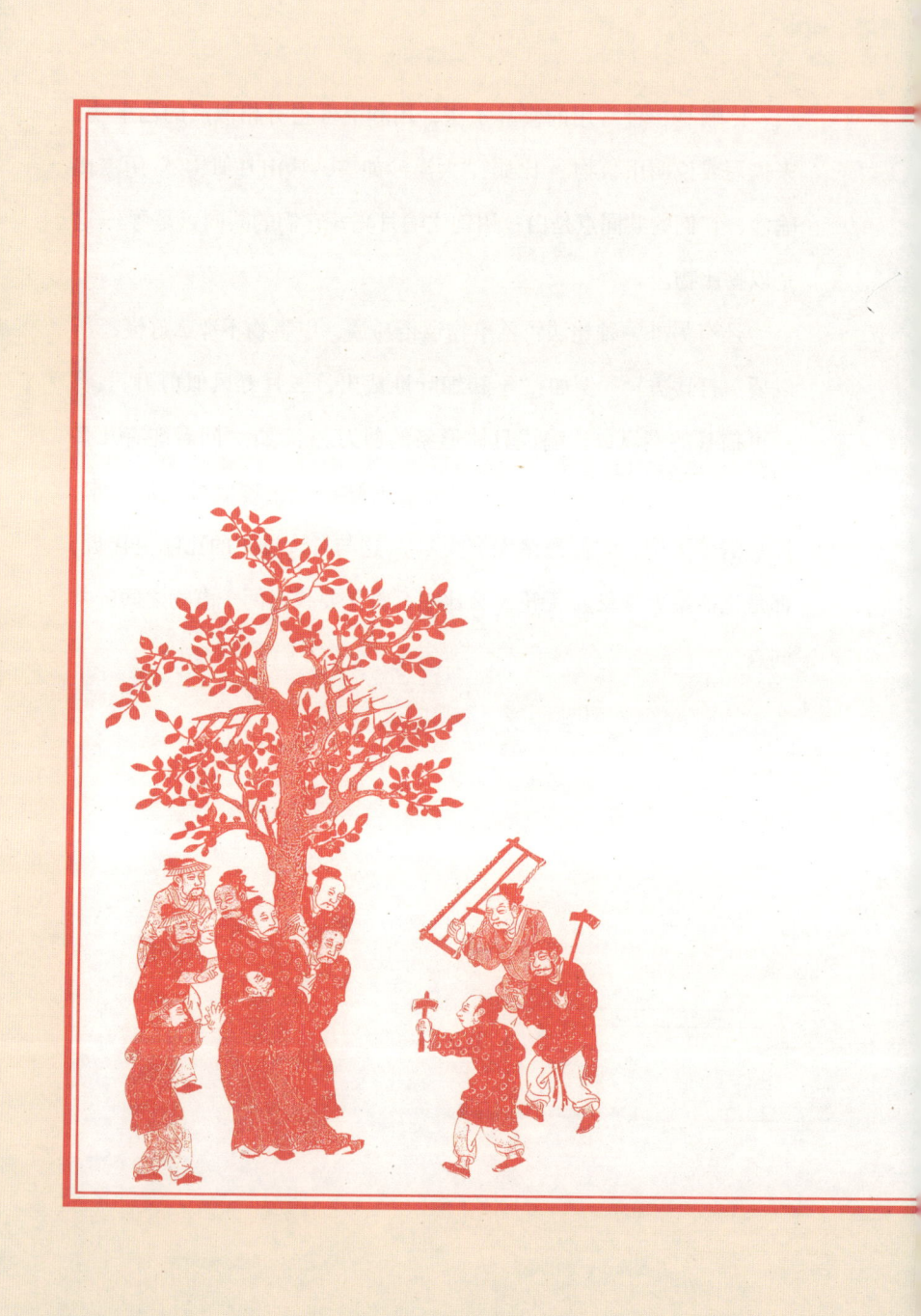

国风·召南

召南

西周初期,周公和召公分陕而治,召公居西部镐(hào)京,统治西方诸侯。『召南』,召读为shào,即召公统治下的南方地区的民歌,可能在今河南、陕西甚至四川一带,年代可能跨越西周和东周。『召南』共十四篇,除称颂召公德政外,内容还包括民间风俗人情。『召南』与『周南』并称为『二南』,孔子说:『人而不为《周南》《召南》,其犹正墙面而立也与?』(人如果不学《周南》《召南》,就如同面对着空空的墙面站立,哪里都去不了。)汉代的经学家郑玄也说:『得圣人之化者,谓之《周南》』;得贤人之化者,谓之《召南》』。

采蘩

于以采蘩❶？	要往哪里采白蒿？
于沼于沚❷。	沼泽地带水中陆。
于以用之？	采来白蒿做什么？
公侯之事❸。	为了公侯祭祀去。
于以采蘩？	要往哪里采白蒿？
于涧之中❹。	山间流水小沟中。
于以用之？	采来白蒿做什么？
公侯之宫。	为了公侯摆宫中。
被之僮僮❺，	头发首饰高而蓬，
夙夜在公❻。	从早到晚为公家。
被之祁祁❼，	采蒿人数一群群，
薄言还归❽。	不要轻易说回家。

注释

❶ 于以采蘩（fán）：于以，在哪里；蘩，白蒿，生长在水泽中，古人常用来祭祀。

❷ 于沼（zhǎo）于沚（zhǐ）：沼，沼泽；沚，水中的小块陆地。

❸ 公侯之事：王公贵族的祭祀事务。

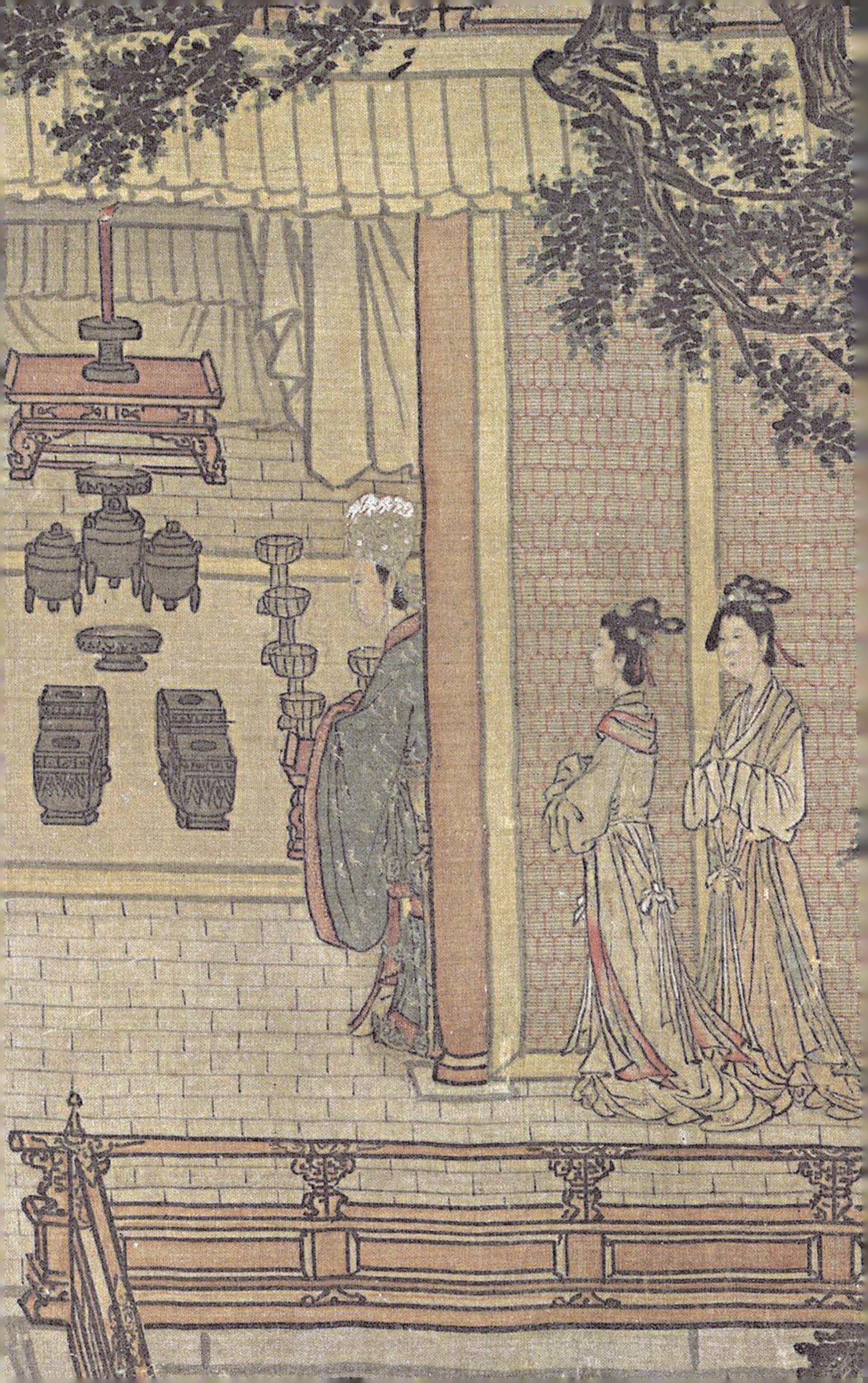

④ 涧（jiàn）：山间流水的小沟。

⑤ 被（bì）之僮僮（tóng）：被，同"髢"，是一种假发首饰；僮僮，高而蓬松。

⑥ 夙（sù）：早。夙夜，早晚。

⑦ 祁祁（qí）：形容首饰多，这里指女子人数众多。

⑧ 薄言：急忙。还（huán）归：回家、回去。

解析

蘩，就是白蒿。白蒿生长在水泽地带，根茎是赤色或白色，可以吃。春秋时，白蒿还可以被用来祭祀祖先、鬼神。公侯祭祀是非常郑重的礼仪活动，而白蒿并不是贵重的东西，为什么会用到它呢？

古人认为，人的诚心比表面仪式更重要。《左传》上说："如果一个人的诚意不来自心中，他做再多的事情也是无益的。如果一个人够诚心，即便是山沟水池里的野草、白蒿这样的野菜、普通的竹器或金属器皿、大小道路上的积水，这些都可以用来祭祀。"

有一次，林放问孔子："礼的本质是什么？"孔子说："这个问题很重要呀！礼，与其奢侈浪费，宁可节俭；比如丧礼，办得再周全，也不如发自内心的悲伤重要。"仪式并非不重要，但不如诚心重要。事情不是做给别人看的，凡事要从心而发才可贵。

草虫

喓喓草虫❶，　　　　　　　草中蝈蝈喓喓叫，
趯趯阜螽❷。　　　　　　　地上蚂蚱蹦蹦跳。
未见君子，　　　　　　　　没有见到君子面，
忧心忡忡❸。　　　　　　　我心忧伤多烦恼。
亦既见止，　　　　　　　　如果和他相见了，
亦既觏止❹，　　　　　　　如果和他相聚了，
我心则降❺。　　　　　　　我心才能放下了。
陟彼南山，　　　　　　　　登到那座南山上，
言采其蕨❻。　　　　　　　独自采摘蕨菜苗。
未见君子，　　　　　　　　没有见到君子面，
忧心惙惙❼。　　　　　　　我心忧伤不能消。
亦既见止，　　　　　　　　如果和他相见了，
亦既觏止，　　　　　　　　如果和他相聚了，
我心则说❽。　　　　　　　我心才能高兴了。
陟彼南山，　　　　　　　　登到那座南山上，
言采其薇❾。　　　　　　　独自采摘薇菜苗。

未见君子，	没有见到君子面，
我心伤悲。	我心忧伤真煎熬。
亦既见止，	如果和他相见了，
亦既觏止，	如果和他相聚了，
我心则夷⑩。	我心才能安宁了。

注释

① 喓喓（yāo）：虫叫声。草虫：蝈蝈。

② 趯趯（tì）：虫跳跃的样子。阜螽：蚱蜢。

③ 忡忡（chōng）：心神不宁的样子。

④ 觏（gòu）：即"遘"，相见，遇到。止：语尾助词，作用与"矣""了"相同。

⑤ 降：放下，放心。

⑥ 蕨：野菜，嫩叶可食，根茎含有淀粉，亦可食用或药用。

⑦ 惙惙（chuò）：心慌气短的样子。

⑧ 说：即"悦"，欢喜。

⑨ 薇：野菜，即野豌豆苗。

⑩ 夷：平，这里指心安。

解析

朱熹《诗集传》认为，这首诗是描写诸侯大夫在外行役，妻子

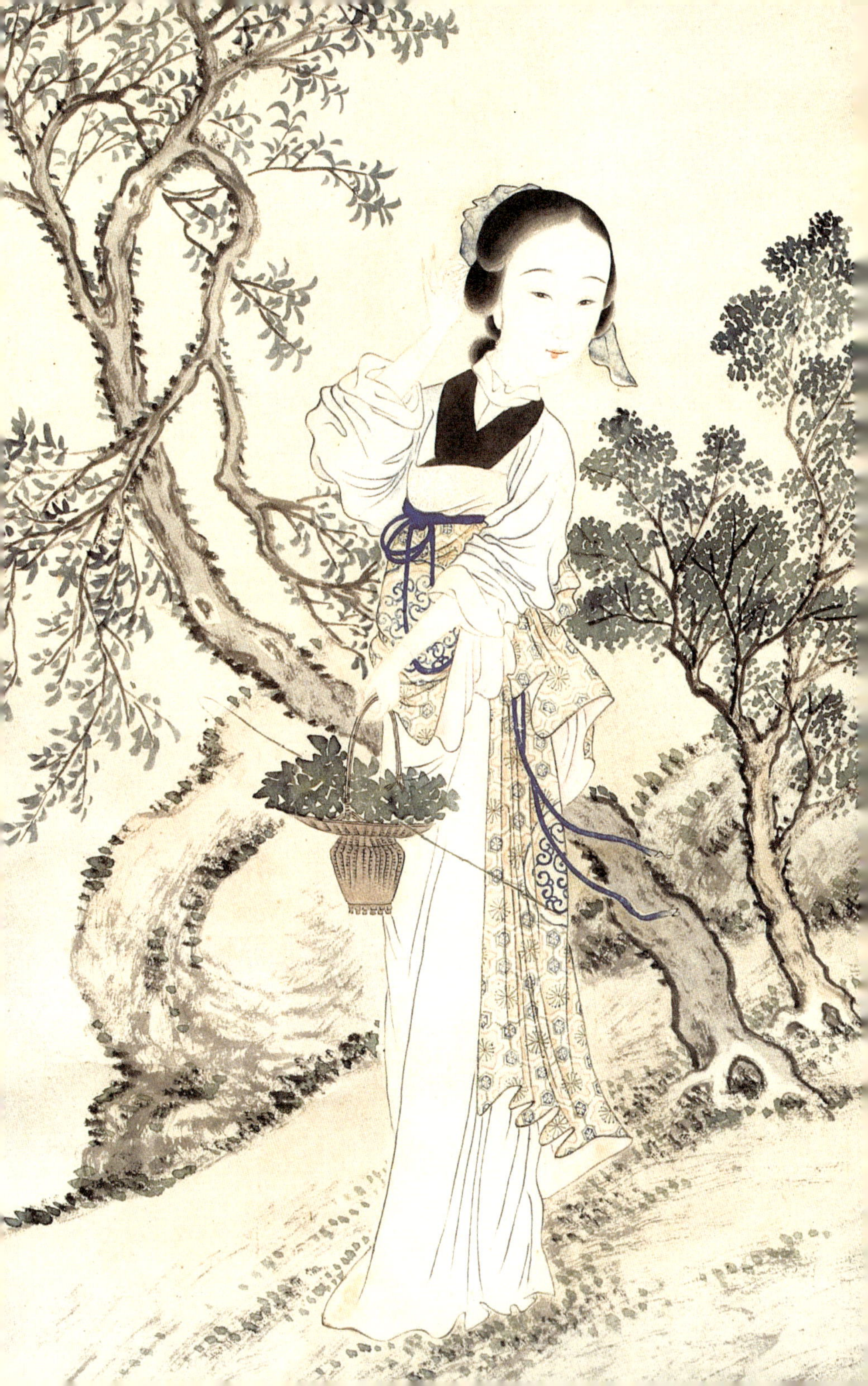

独居，有感于时物之变化，思念其丈夫而作。

全诗三章叠咏，以草虫鸣叫起兴，引出对君子的思念。诗人并没有拘于一时一地，其笔下的时空，从秋天跳跃到春天，从平野跳跃到山冈，历时越久，跨得越远，思念越殷切，仿佛在说无时无刻无地不在想念。诗中抒写主人公的忧愁，没有华丽的辞藻，都是从身边景物入手，情感却层层深入。妻子处于相思之中，见着任何事物，都会勾起她的相思和伤感。

这相思和伤感如何解脱呢？诗中着重描写了"未见君子"时的忧伤，不见君子，不能畅怀。而在"亦既见止"后，主人公的心情则回归了平和与喜悦。何以解忧，唯有见君。妻子是真的见到了丈夫吗？所有的喜悦，恐怕都只是她一厢情愿想象出来的场景吧！

甘棠

蔽芾甘棠[1]，　　　　高大茂密棠梨树，
勿剪勿伐[2]，　　　　不要剪断莫砍去，
召伯所茇[3]。　　　　因为召伯曾居住。
蔽芾甘棠，　　　　　高大茂密棠梨树，
勿剪勿败[4]，　　　　不要剪断莫毁除，
召伯所憩[5]。　　　　曾是召伯休息处。
蔽芾甘棠，　　　　　高大茂密棠梨树，
勿剪勿拜[6]，　　　　不要剪断莫拔出，
召伯所说[7]。　　　　这里召伯曾停驻。

注释

[1] 蔽芾（bì fèi）：茂盛的样子。甘棠：棠梨树。落叶乔木，叶长圆形或菱形，花白色，果实小，略呈球形，有褐色斑点。

[2] 剪：去。伐：砍伐。

[3] 召（shào）伯：本名姬奭，周武王时期大臣。茇（bá）：本意是草舍，这里指居住，意为召伯曾在树下的草舍居住。

[4] 败：毁坏。

[5] 憩（qì）：休憩、休息。

[6] 拜：拔。

[7] 说（shuì）：通"税"，休息。

解析

周武王时期，召伯将国家治理得井井有条，百姓安居乐业。有一次，召伯出去办事，按理说百姓要隆重接待的，但召伯不愿给百姓增加负担，就在一棵棠梨树下休息，并在那里办公。召伯离开后，百姓感谢召伯的恩德，将那棵棠梨树精心保护，舍不得毁坏。有个成语叫"爱屋及乌"，意思是：喜欢一个人，就连他房子上的乌鸦也喜欢。通过《甘棠》这首诗可以看出，百姓爱戴召伯，就连他短暂歇息处的树木都被小心保护起来，也算是"爱屋及乌"了！

摽有梅

摽有梅[1],　　　　　　　　高处有梅多丰盛,
其实七兮[2]。　　　　　　树上果实剩七成。
求我庶士[3],　　　　　　 前来求婚众少年,
迨其吉兮[4]。　　　　　　要趁吉日把事成。
摽有梅,　　　　　　　　　高处有梅多丰盛,
其实三兮。　　　　　　　树上果实剩三成。
求我庶士,　　　　　　　 前来求婚众少年,
迨其今兮。　　　　　　　要趁今天即刻行。
摽有梅,　　　　　　　　　高处有梅多丰盛,
顷筐塈之[5]。　　　　　　提着筐儿来拾取。
求我庶士,　　　　　　　 前来求婚众少年,
迨其谓之[6]。　　　　　　快快开口别犹豫。

注释

[1] 摽（biào）：高处。

[2] 其实：它的果实，指梅子。

[3] 庶士：众多未婚男子。

[4] 迨（dài）：等、趁着。吉：吉日，好日子。

⑤ 顷筐墍（jì）之：顷筐，斜口浅筐；墍，取。
⑥ 谓：聚会。

解析

女子用梅子比喻自己的青春，大胆地鼓励前来求婚的儿郎采取行动。梅子剩下七成，青春还没完全过去，儿郎们可以选择良辰吉日成婚；梅子剩下三成，青春时日不多，女子迫切期望儿郎们到来；梅子全部落完，眼看青春逝去，女子心里非常着急，就连筐儿都给了人，希望男子快快开口提亲。后来，人们就用"摽梅之年"这个词，表示女子到了出嫁的年龄。

其实每个年龄段都有不同的称呼，比如女孩7岁被称为"髫年"，13岁是"豆蔻之年"，15岁是"及笄之年"，16岁是"破瓜之年"，出嫁年龄就是"摽梅之年"，这些是属于女孩的专有称呼。男孩也有特定的年龄段，比如20岁是"弱冠之年"等。

小星

嘒彼小星❶，　　　　　微光闪烁小星星，
三五在东。　　　　　　三三五五在东方。
肃肃宵征❷，　　　　　天还没亮快快走，
夙夜在公❸。　　　　　早晚公事太匆匆。
寔命不同❹！　　　　　真是命运不相同！

嘒彼小星，　　　　　　微光闪烁小星星，
维参与昴❺。　　　　　那是参星与昴辰。
肃肃宵征，　　　　　　天还没亮快快走，
抱衾与裯❻。　　　　　抛开床单与被衾。
寔命不犹❼！　　　　　真是命运不如人！

注释

① 嘒（huì）：微光闪烁。
② 肃肃宵征：肃肃，快走的样子；宵，夜晚；征，行。
③ 夙（sù）：早上。
④ 寔（shí）：同"是"，这。命，命运。
⑤ 维参（shēn）与昴（mǎo）：参、昴，都是星辰的名称。
⑥ 抱（pāo）衾（qīn）与裯（chóu）：抱，同"抛"；衾，被子；裯，被单。
⑦ 犹：如，若。

解析

生活在底层的小官吏，每天天还没亮就要起床，晚上忙到很晚才回家。每天在路上看见的景色，只有微微发光的星星。他辛苦奔波，却没有得到很好的待遇，所以写了这首诗，抱怨命运的不公。

周代时，天子了解民风民俗，主要靠采诗官。采诗官每天摇着铃铛，走在民间的小路上，将百姓所唱的歌谣一一记录，整理好后交给掌管音乐的人，谱成乐曲，演唱给天子听。天子通过这种方式了解百姓的心声。

这首小官吏对生活和命运的慨叹之诗被纳入《诗经》，说明这种分工不均的情况在当时比较常见，具有代表性。

国风·召南

何彼襛矣

何彼襛矣❶？　　　　　　为何鲜艳和绚丽？
唐棣之华❷。　　　　　　美得好像唐棣花。
曷不肃雍❸？　　　　　　为何喧闹不肃静？
王姬之车❹。　　　　　　周王之女正出嫁。
何彼襛矣？　　　　　　　为何鲜艳和绚丽？
华如桃李。　　　　　　　美如春天桃李树。
平王之孙❺，　　　　　　那是平王好孙女，
齐侯之子❻。　　　　　　齐侯公子来迎娶。
其钓维何？　　　　　　　垂钓应该怎么办？
维丝伊缗❼。　　　　　　撮合丝麻成钓线。
齐侯之子，　　　　　　　齐侯公子来迎娶，
平王之孙。　　　　　　　正配平王好孙女。

注释

❶ 襛（nóng）：花鲜艳繁盛的样子。
❷ 唐棣（dì）：棠棣树。华，古"花"字。
❸ 曷（hé）不肃雍（yōng）：曷，何。肃雍：庄严肃静、雍容安详。
❹ 王姬：周天子姓姬，古代女子没有名字，只称呼姓氏，王姬就是周王的女儿。

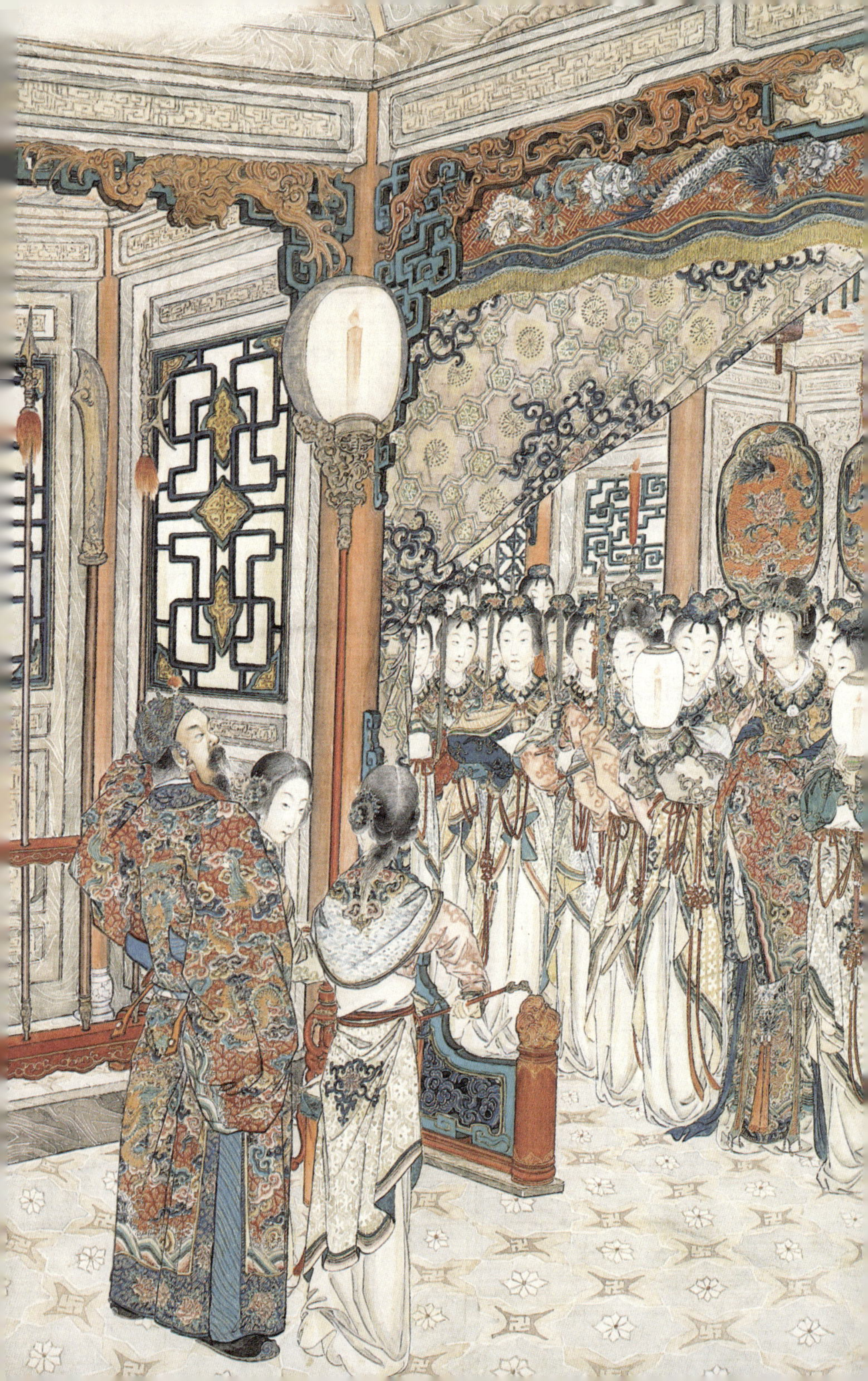

❺ 平王之孙：周平王的孙女。也有人认为泛指贵族。

❻ 齐侯之子：齐国国君的儿子。

❼ 维丝伊缗（mín）：维和伊都是语助词，无实义。缗，合成一股的钓丝。这里用丝绳比喻男女合婚。

解析

不同时代、地区的婚嫁仪式各不相同，但都有新娘带着嫁妆出发，新郎前来迎接的环节。这首诗描写周天子将女儿嫁给齐国公室的情景。奢华的车马、英俊的新郎和美丽的新娘，就好像棠棣花、桃李花开一般光彩照人。

诗中点明主人公是王侯子女，进一步说明他们身份高贵。当然，也有人认为这是在讥讽王侯们高调奢侈的作风。究竟是夸赞还是讽刺呢？我们不是作者本人，不能得知这首诗的具体背景，所以只能靠推断。"一千个读者有一千个哈姆雷特"，不同的读者会产生不同的看法，以此产生多元化的解读和认识。

驺虞

彼茁者葭[1],　　　　看那茂盛芦苇里,
壹发五豝[2]。　　　　跑出母猪赶一起,
于嗟乎驺虞[3]!　　　哎呀兽官真尽职!
彼茁者蓬[4],　　　　看那蓬蒿深又深,
壹发五豵[5]。　　　　赶出小猪一群群,
于嗟乎驺虞!　　　　哎呀兽官真尽心!

注释

[1] 茁:草木初生。葭(jiā):芦苇。

[2] 壹:发语词,无义。发:发箭射中。五:虚数非实指,这里指数量多。豝(bā):母猪。长了两年的小猪也叫豝。

[3] 于嗟乎:赞美的叹词。于,同"吁"。驺(zōu)虞:古时兽官名,这里指猎手。

[4] 蓬:草名。叶形似柳叶,边缘有锯齿,花外围白色,中心黄色。秋枯根拔,遇风飞旋,故又名"飞蓬"。

[5] 豵(zōng):小猪。

解析

这首小诗描写的是狩猎场景,繁茂的芦苇丛中,猎人们拈弓搭箭,赶出一窝野猪。作者用"壹发五豝"将收获的喜悦表达得形象

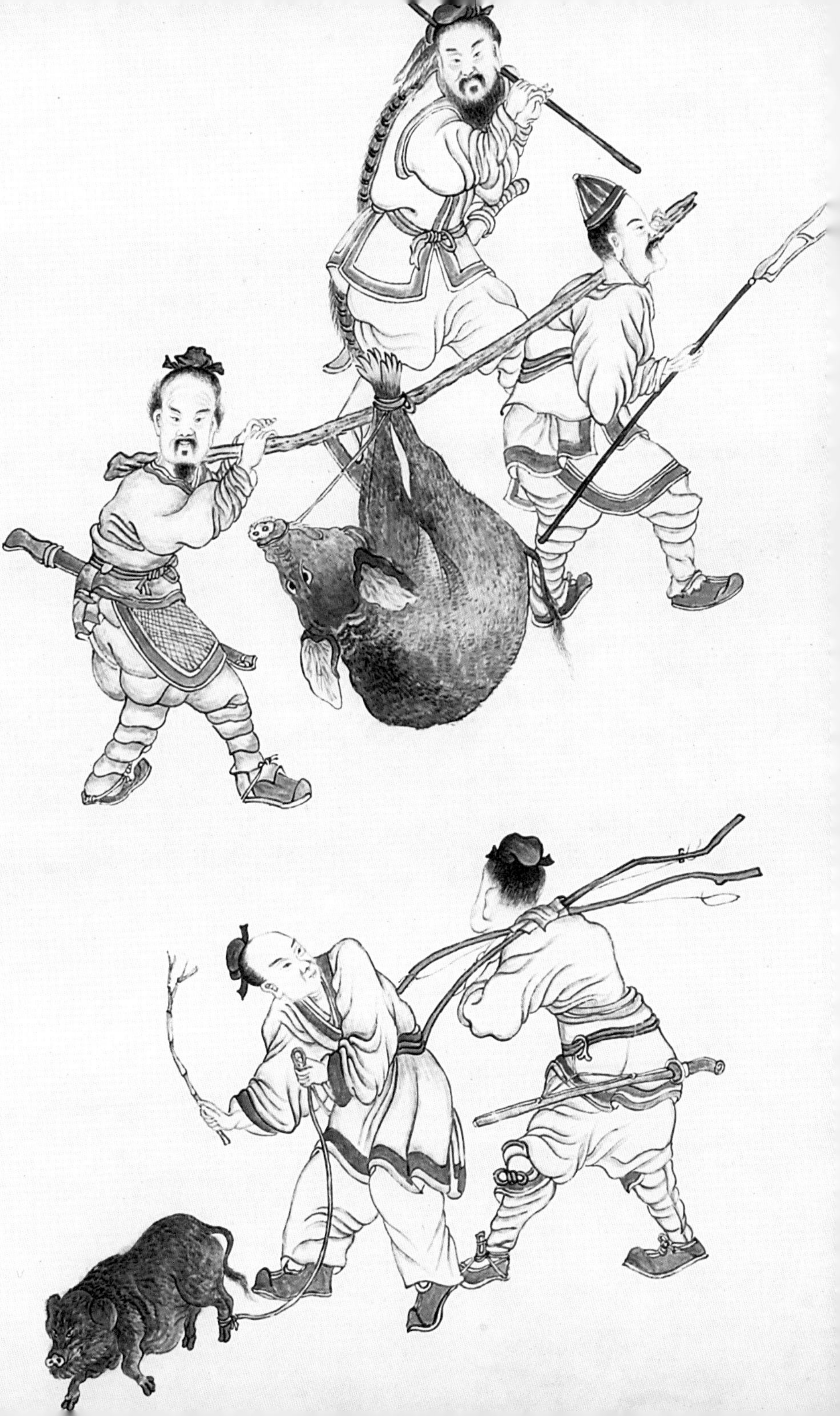

生动，语言豪放古朴，简单却有余味。

这里的"驺虞"，应该是掌管牧猎之事的官职。这首诗可能是称赞"驺虞"管理有方，或是称赞猎人身手矫捷。在打猎之际看见动植物的繁盛众多，这丰收的场景意味着君主的贤明和国家的安定，因此有人认为这首诗是赞美周文王的仁德，正如清代学者刘沅所言："美时物之盛，武备之修，仁惠之洽"。

国风·邶风

邶风

周武王克商以后,「以商治商」,将商都朝歌附近封给纣的儿子武庚禄父,并将其划分为三个部分,北边称为邶,南边为鄘,东边为卫。邶大约在今河南淇县以北,汤阴县东南一带。「邶风」即邶地的民歌,共十九篇,包括西周末东周初的诗。后来邶和鄘被并入卫国,所以「邶」「鄘」其实都是卫国之诗。

柏舟

泛彼柏舟①，	划着柏木船，
亦泛其流②。	随着河水流。
耿耿不寐③，	心焦不成眠，
如有隐忧④。	因为有隐忧。
微我无酒⑤，	不是没好酒，
以敖以游。	四处去遨游。
我心匪鉴⑥，	我心不是镜，
不可以茹⑦。	不能全照清。
亦有兄弟，	虽然有兄弟，
不可以据⑧。	难以去依凭。
薄言往愬⑨，	曾要去诉苦，
逢彼之怒。	他们怒目迎。
我心匪石，	我心不是石，
不可转也。	不能随意移。
我心匪席，	我心不是席，
不可卷也。	不能来卷起。

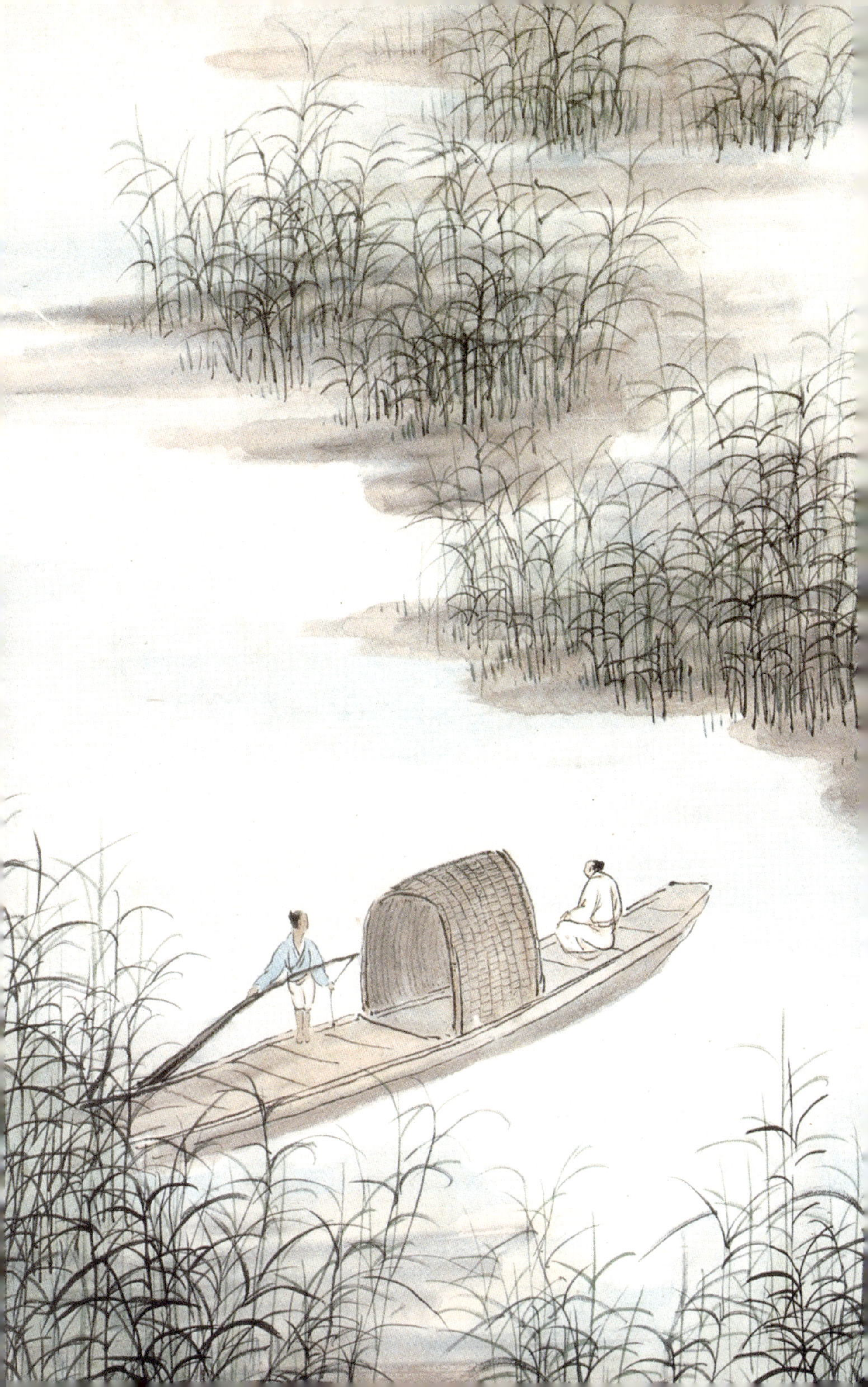

威仪棣棣⑩,　　　　　　仪容需庄重,
不可选也⑪。　　　　　　不可教人欺。
忧心悄悄⑫,　　　　　　忧愁又烦恼,
愠于群小⑬。　　　　　　被小人困扰。
觏闵既多⑭,　　　　　　遭害既已多,
受侮不少。　　　　　　　受辱也不少。
静言思之⑮,　　　　　　仔细反复想,
寤辟有摽⑯。　　　　　　捶胸恨难了。
日居月诸⑰,　　　　　　太阳月亮呀,
胡迭而微⑱?　　　　　　为何无光芒?
心之忧矣,　　　　　　　忧伤难畅怀,
如匪澣衣⑲。　　　　　　如同衣衫脏。
静言思之,　　　　　　　仔细反复想,
不能奋飞。　　　　　　　不能展翅翔。

注释

❶ 柏舟: 用柏木制的船。

❷ 亦: 语助词。

❸ 耿耿: 心事重重的样子。

④ 如：同"而"。隐忧：深忧。

⑤ 微：非，不是。

⑥ 匪：同"非"，不是。鉴：镜子。

⑦ 茹（rú）：容纳。

⑧ 据：依靠。

⑨ 薄：语助词，此处含有勉强的意思，意为勉强地向兄弟诉说。愬：同"诉"，诉苦。

⑩ 威仪：态度容貌。棣棣：雍容娴雅的样子。

⑪ 选（xùn）：同"巽"，退让。

⑫ 悄悄：忧愁的样子。

⑬ 愠：怒。群小：众小人。

⑭ 觏（gòu）：同"遘"，遇，碰到。闵：通"愍"，指中伤陷害的事。

⑮ 静：审，仔细。

⑯ 寤：睡醒。辟：抚心。有摽：高举着手拍打胸脯的样子。

⑰ 居、诸：语助词。

⑱ 迭：更迭，流变。微：昏暗不明。

⑲ 澣：同"浣"，洗。

解析

《毛诗序》认为这首诗写的内容是仁人不遇。卫顷公在位时，仁人不受重用，小人反受重用，诗人遭到小人的憎恨和侮辱，甚至得不到同胞兄弟的支持，他忧愤不已，却又无可奈何，只能写诗来申诉。朱熹《诗集传》却认为这是妇人之诗，诗中提到的镜子、席

子、浣衣等，都是女子生活中常见的事物。诗中讲述一位妻子不受丈夫的信任和宠爱，反而被群妾欺侮，回到娘家和兄弟诉苦，兄弟也不能体谅。无论哪种解释，都是诗人遭受了不公待遇，却又无人可以诉说，只好乘着柏木船，饮酒消愁。

诗的第一章写隐忧无法排除，第二章写诗人无处诉说，第三章表明隐忧的原因是自己品格高洁，第四章写隐忧是由可恨的"群小"造成，第五章写自己无法摆脱现在的处境。五章一气呵成，笔曲意蓄，将身世飘零、胸中愁闷娓娓道来。

诗中多用比兴手法，几处比喻各有特色。"泛彼柏舟，亦泛其流"，这小小的柏舟仿佛载不动诗人沉重的心情，柏舟晃晃荡荡地漂流，仿佛诗人飘忽不定的心情。"我心匪鉴""我心匪石""我心匪席"三处，写镜子照人，不分黑白都可以容纳，而诗人之心却不能像镜子一般不分美丑善恶。石头圆滑，可以滚动，席子柔软，可以卷起，而诗人刚烈正直，不能随意将就。这一连串的比喻，皆为反喻。"日居月诸，胡迭而微"，比喻君主或丈夫被小人谗蔽。"心之忧矣，如匪浣衣"，比喻忧愁不可去除，如同污渍沾染在衣服上。

读诗想见其人，这首诗写痛苦，写决心，和屈原的《离骚》有几分相似。不过《离骚》的辞藻华丽而浪漫，这首诗却质朴而现实，皆为千古难得的好诗。

绿衣

绿兮衣兮，	绿衣裳啊绿衣裳，
绿衣黄里[1]。	绿色外边黄色里。
心之忧矣，	内心总是很忧伤，
曷维其已[2]？	什么时候才停止？
绿兮衣兮，	绿衣裳啊绿衣裳，
绿衣黄裳[3]。	上衣绿色下衣黄。
心之忧矣，	内心总是很忧伤，
曷维其亡[4]？	什么时候才能忘？
绿兮丝兮，	绿衣裳用绿丝线，
女所治兮[5]。	是你为我亲手做。
我思古人[6]，	我多思念那故人，
俾无訧兮[7]。	让我做事无过错。
絺兮绤兮[8]，	细葛布啊粗葛布，
凄其以风。	风吹起时寒又凉。
我思古人，	我多思念那故人，
实获我心。	真正体贴我心意。

注释

1. 黄里:黄色的里子。
2. 曷维其已:曷,通"何",怎么;维,语助词,无实义;已,停止。
3. 裳(cháng):在古代,衣服穿在上身的叫"衣",下身的叫"裳",即裙子。古代没有裤子,男女皆穿裙。
4. 亡:通"忘",忘记。
5. 女(rǔ):通"汝",你。治:纺织。
6. 古人:古,通"故",即故人。这里指死去的妻子。
7. 俾(bǐ)无訧(yóu)兮:俾,使;訧,过失。使我没有过错。
8. 絺(chī)兮绤(xì)兮:絺,细葛布;绤,粗葛布。

解析

这是一首"悼亡诗",即怀念死者的诗。作者的妻子去世了,作者翻出以前的衣服,感慨万千。这是一件绿色的衣服,有着黄色的里子,说明这是一件夹衣,是天冷时穿的。作者回忆以前妻子在的时候,都是妻子拿衣服给他穿。如今妻子逝去,他直到天冷了才想起来要加衣服。他拿起这件绿衣服翻来覆去地看,发现妻子做事细心,缝制衣服的线用的也是绿色。他又想起以前妻子在生活中经常规劝自己,使自己避免了很多过错。妻子越好,他的心就越沉痛悲伤,于是反复地念着"绿兮衣兮"。死者不可复生,人世间最悲痛的事情,大概就是感情还在,却生死两隔了吧!

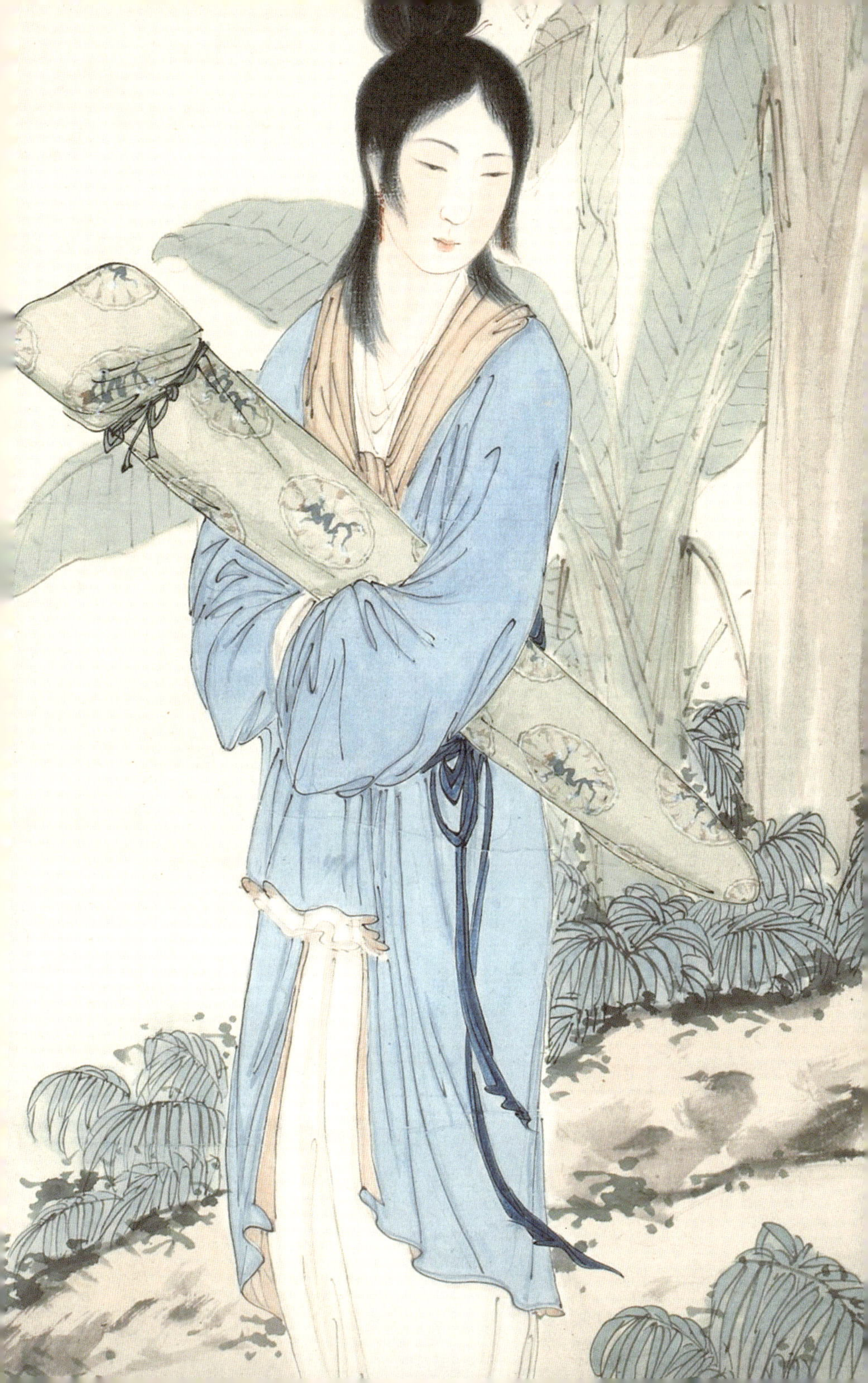

燕燕

燕燕于飞[1],　　　　　　　燕子飞来又飞去,
差池其羽[2]。　　　　　　　只见参差展翅膀。
之子于归[3],　　　　　　　妹妹今日要出嫁,
远送于野[4]。　　　　　　　远送她到旷野上。
瞻望弗及,　　　　　　　　直到不见她身影,
泣涕如雨。　　　　　　　　眼泪如雨仍在望。
燕燕于飞,　　　　　　　　燕子飞来又飞去,
颉之颃之[5]。　　　　　　　忽上忽下如有情。
之子于归,　　　　　　　　妹妹今日要出嫁,
远于将之[6]。　　　　　　　远远送她心难平。
瞻望弗及,　　　　　　　　直到不见她身影,
伫立以泣。　　　　　　　　站立原地哭不停。
燕燕于飞,　　　　　　　　燕子飞来又飞去,
下上其音。　　　　　　　　呜呜细语翻飞忙。
之子于归,　　　　　　　　妹妹今日要出嫁,
远送于南[7]。　　　　　　　送到南郊心忧伤。

瞻望弗及❽，　　　　　直到不见她身影，
实劳我心❾。　　　　　实在痛心又彷徨。
仲氏任只❿，　　　　　二妹可信更可靠，
其心塞渊⓫。　　　　　实诚敦厚有节操。
终温且惠⓬，　　　　　性格温柔且恭顺，
淑慎其身。　　　　　　善良谨慎一身好。
先君之思⓭，　　　　　常把先君恩德念，
以勖寡人⓮。　　　　　以此勉励我谨行。

注释

❶ 燕燕：双燕。

❷ 差（cī）池：往来翻飞，参差不齐。

❸ 之子：这个女子，指嫁女。于归：出嫁。

❹ 野：郊外。

❺ 颉（jié）之颃（háng）之：上下翻飞。

❻ 于：往。将：送。

❼ 南：指卫国的南边。

❽ 瞻望弗及：望着远去的背影直到看不见。

❾ 实：同"寔"，即代词：这。劳：忧愁，愁苦。

❿ 仲氏：老二，二妹。古人多用伯、仲、叔、季为兄弟姊妹的次序排行。
任：诚实可信。只：语助词。

⑪ 塞渊：笃厚诚实，见识深远。
⑫ 终：既。温：和颜悦色。惠：和顺。
⑬ 先君：前代君主。
⑭ 勖（xù）：勉励。寡人：国君对自己的谦称。

解析

　　这首诗是卫庄姜送归妾而作。卫庄姜嫁给卫庄公后，没有生育儿子。卫庄公的妾戴妫生了儿子，卫庄姜便当作自己的儿子抚养。后来这个儿子被人杀死，卫国政坛变了天，戴妫受到牵连，被遣送回陈国。庄姜和戴妫感情很好，戴妫回陈国，对于庄姜来说就是永别，庄姜远送戴妫，作了此诗，因此这首诗被认为是送别诗之"始祖"。

　　全诗厚重质实，将生离死别的痛苦描写得非常动人。燕子飞来飞去，既是烘托气氛，也是反衬人的别情。从"远送于野"到"瞻望弗及"，看不到对方的身影，只好独自"伫立以泣"。唐朝李白送别孟浩然时，"孤帆远影碧空尽，唯见长江天际流"，但李白的惆怅还掺杂着希望与向往，而庄姜的惆怅，则皆因对生离死别的感怀。

击鼓

击鼓其镗❶,　　　　　　　　敲起战鼓响镗镗,
踊跃用兵❷。　　　　　　　奋勇争先动刀枪。
土国城漕❸,　　　　　　　　国都挖土筑漕城,
我独南行。　　　　　　　　独有我要向南行。
从孙子仲❹,　　　　　　　　远远跟随孙子仲,
平陈与宋❺。　　　　　　　平定远方陈与宋。
不我以归❻,　　　　　　　　久久不准我回家,
忧心有忡❼。　　　　　　　忧虑不安心忡忡。
爰居爰处❽?　　　　　　　哪里居住哪停留?
爰丧其马?　　　　　　　　哪里跑丢那战马?
于以求之❾?　　　　　　　该到哪里去寻求?
于林之下。　　　　　　　　去那山中树林下。
死生契阔❿,　　　　　　　　生死聚散心不移,
与子成说⓫。　　　　　　　你我共同立誓言。
执子之手,　　　　　　　　我手牵着你的手,
与子偕老。　　　　　　　　和你一起到永久。

于嗟阔兮⑫,　　　　只怕分别太久远,
不我活兮⑬。　　　　你我无法重相见。
于嗟洵兮⑭,　　　　只怕离你太遥远,
不我信兮。　　　　　让我誓言难实现。

注释

① 镗（tāng）：即"镗镗"，形容鼓声。

② 踊跃（yǒng yuè）：鼓舞。兵：兵器。

③ 土国城漕（cáo）：土，挖土。城，修城。在国都挖土，在漕地筑城。漕，卫邑名，在今河南省滑县东南。

④ 孙子仲：卫国南征的将领。

⑤ 平陈与宋：调节陈国与宋国的矛盾。议和而不结盟叫作"平"。

⑥ 不我以归：倒装句，即"不以我归"，不让我回来。

⑦ 有忡（chōng）：即忡忡，忧虑不安的样子。

⑧ 爰（yuán）：在哪里，何处。

⑨ 于以：在哪里。以，即"何"。

⑩ 契（qì）阔：契是相聚，阔是离别。

⑪ 成说：约定；盟约；誓言。

⑫ 于嗟（xū jiē）阔兮：于嗟，即吁嗟，感叹词。

⑬ 活：即"佸"，相会。

⑭ 洵（xún）：同"敻"，久，久远。信：守约。

064

解析

卫国曾遭敌人的袭击，国君被人杀死，百姓被杀得只剩下五千人，差点亡国。在诸侯的帮助下，卫国人重新找了地方定居。新国君先在楚丘经营国家，后来又在漕地筑城。"土国城漕"说的就是这两件事。士兵们为国君服役，虽然辛苦，却还在国家境内，是可以忍受的。

而这首诗的主人公却被派到别的国家打仗，他久久不能回家。他和队友做了约定，要一起同生共死。在打仗中，不断有人牺牲，牺牲者所骑的马儿没有了主人，四处逃窜，活着的人只好到处寻找马匹。他或许是和队友失散了，不知对方死活，便想起自己的誓言，并感到悲痛。

对"执子之手，与子偕老"这一句诗，人们有不同的理解，既可以理解为士兵之间同生共死的誓言，也可以理解为士兵对家中的妻子或恋人的誓言，他远在异乡，无法和家里人取得联系，于是发出忧伤的感慨。今天，人们更喜欢用这句诗来表达对恋人的誓言。

凯风

凯风自南❶,　　　　　　　温暖和风从南来,
吹彼棘心❷。　　　　　　吹在酸枣新芽上。
棘心夭夭❸,　　　　　　酸枣新芽嫩又壮,
母氏劬劳❹。　　　　　　母亲养儿辛苦忙。
凯风自南,　　　　　　　温暖和风从南来,
吹彼棘薪❺。　　　　　　吹熟酸枣能当柴。
母氏圣善❻,　　　　　　母亲明理又良善,
我无令人❼。　　　　　　儿女不好没成才。
爰有寒泉?　　　　　　　何处有这寒泉水,
在浚之下❽。　　　　　　源头就在浚地旁。
有子七人,　　　　　　　母亲有子共七人,
母氏劳苦。　　　　　　　天天辛苦又奔忙。
睍睆黄鸟❾,　　　　　　婉转黄雀在鸣叫,
载好其音。　　　　　　　悦耳动听好嘹亮。
有子七人,　　　　　　　母亲有子共七人,
莫慰母心。　　　　　　　不能安慰母亲心。

注释

❶ 凯风：温和的风。

❷ 棘（jí）心：棘，酸枣树。酸枣树的嫩芽是红色的，因此称棘心。

❸ 夭夭：嫩弱的样子。

❹ 劬（qú）劳：操劳；辛苦。

❺ 棘薪：酸枣树的枯枝，可以当柴烧。

❻ 圣善：明理而善良。

❼ 令人：好人；善人。

❽ 浚（xùn）：卫国邑名，在卫楚丘东。

❾ 睍睆（xiàn huǎn）：叫声清和宛转。

解 析

这是一首歌咏母爱的诗,诗人用温暖的和风比喻母爱,用酸枣树的嫩芽比喻儿女。嫩芽能在暖风的滋润下生长,最后成"柴";子女也是在母爱的呵护下长大,却没有成才,诗人感到很惭愧。诗人又将母爱比作泉水,在地下默默流淌,滋养万物。树上的黄雀叫得悦耳动听,让人心里愉悦,儿女却不能安慰母亲的心,让母亲快乐,所以诗人感到很自责。

唐代诗人孟郊写过一首《游子吟》,其中一句"谁言寸草心,报得三春晖",也是将儿女比喻成春天的小草,而母爱是春天的阳光。草木享受风雨和阳光的滋养,只有健康成长才能报答。儿女们也只有努力成才,才能报答母亲。

式微

式微 ❶,　　　　　　　天色昏暗了,
式微,　　　　　　　　天色昏暗了,
胡不归?　　　　　　　为什么还不回去?
微君之故 ❷,　　　　　若不是因为君主的缘故,
胡为乎中露 ❸!　　　　我何必还站在冷露处!
式微,　　　　　　　　天色昏暗了,
式微,　　　　　　　　天色昏暗了,
胡不归?　　　　　　　为什么还不回去?
微君之躬 ❹,　　　　　若不是因为君主他一人,
胡为乎泥中!　　　　　我何必还站在这泥尘!

注释

❶ 式微:式,语助词,无实义。微,天色昏黑。

❷ 微:非、不是。故:事。

❸ 胡:为什么,何故。中露:露水之中。

❹ 躬:身体,这里指君王。

解析

　　《式微》这首诗很短，却不断地变换句式。在两字句、三字句、四字句、五字句的变化中，我们仿佛随着作者的心情跌宕起伏，诗中的设问与回答，使一个简单的事情变得曲折。

　　有人认为，这首诗是黎国大臣日夜劝告国君回国的事情；也有人认为，这首诗是写劳动者日夜不停地劳作，到天黑还不能回家的事情，表达对统治者的怨恨。不过，后世的诗人常用"归"或"式微"等字眼来表达自己的归隐之情。

　　在古代文人的心中，所谓的"归"，不仅是指回到家中，而且是要回到让自己舒服、开心的地方。隐居通常是诗人放弃世俗羁绊、寻求自我安慰的方式，诗人认为这才是"归"。比如陶渊明的《归去来兮辞》，第一句便是"归去来兮，田园将芜胡不归？"这里的"归"不仅是回家的意思，而是辞官归隐、不问世事的意思；唐代诗人王维的"即此羡闲逸，怅然吟式微"，诗人看到乡村一片其乐融融的景象，非常羡慕这种悠闲安逸，也不觉动了归隐之心，于是吟起了《式微》这首诗。

简兮

简兮简兮❶，	鼓声鼓声震天响，
方将万舞❷。	盛大万舞将开场。
日之方中，	正午太阳当空照，
在前上处。	他率舞队在前方。
硕人俣俣❸，	高大男儿身健壮，
公庭万舞。	公爵庭堂当众舞。
有力如虎，	力气充沛如猛虎，
执辔如组❹。	手握缰绳如丝组。
左手执龠❺，	左手紧握龠管吹，
右手秉翟❻。	右手把持野鸡尾。
赫如渥赭❼，	脸色红润如赭石，
公言锡爵❽。	公侯忙说赐酒杯。
山有榛❾，	高高山上有榛树，
隰有苓❿。	低湿地带有苍耳。
云谁之思？	我的心里思念谁？
西方美人。	想那西方美男子。

彼美人兮，
西方之人兮。

那位俊美男子汉，
他是西方的舞师。

注释

① 简兮：形容鼓声，也有人认为是形容舞师英勇的样貌。

② 万舞：古代舞蹈名。万舞分武、文两部分。武舞由舞师手拿兵器舞蹈，文舞则手拿鸟羽和乐器舞蹈。

③ 硕人俣俣（yǔ）：硕人，硕壮高大的人；俣俣，健美魁梧的样子。

④ 执辔（pèi）如组：执，手拿着；辔，马缰绳；如组，如经纬相交的织线一样。

⑤ 龠（yuè）：古代一种乐器。

⑥ 秉翟（dí）：秉，拿、持；翟，野鸡尾羽。

⑦ 赫如渥赭（wò zhě）：赫，红色；渥，厚；赭，赤褐色的赭石。形容舞师红光满面。

⑧ 锡爵：锡，通"赐"；爵是古代饮酒的器皿。锡爵，即赐酒。

⑨ 榛（zhēn）：树名，落叶灌木，果实如栗子，可食用或榨油。

⑩ 隰（xí）：低湿地。苓（líng）：药草名，即地黄。

解析

"万舞"是古代的一种文武结合的舞蹈。先是武舞，舞者手里拿着兵器舞蹈，表现人孔武有力的一面；再是文舞，舞者手里拿着鸟羽和乐器表演，表现人彬彬有礼的一面。

一名卫国宫廷女子，看到西周来的舞狮高大英武，产生了爱慕

之心。诗的开场刚健豪放,结尾却缠绵低回,形成巨大反差,这是女子由喜悦兴奋的爱慕之情,转为缠绵悱恻的相思之情。最后一章"山有……隰有……"的句式,在《诗经》中很常见,常常和爱情有关,意为山上有它该有的草木,水边也有它该有的草木,各得其所,比喻男女相配,也应各得其所。

北风

北风其凉,
雨雪其雱❶。
惠而好我❷,
携手同行❸。
其虚其邪❹?
既亟只且❺!
北风其喈❻,
雨雪其霏❼。
惠而好我,
携手同归❽。
其虚其邪?
既亟只且!
莫赤匪狐,
莫黑匪乌❾。
惠而好我,
携手同车❿。

北风刮来身寒凉,
天降大雪白茫茫。
你我都是好朋友,
携起手来共逃亡。
如今岂能慢慢走?
事态紧急不寻常。
北风刮来疾又狂,
看那雪花漫天扬。
你我都是好朋友,
携起手来奔他乡。
如今岂能徐徐走?
事态紧急多彷徨。
没有红的不是狐,
没有黑的不是乌。
你我都是好朋友,
携起手来乘车去。

国风·邶风

其虚其邪？　　　　　如今岂能缓缓走？
既亟只且！　　　　　事态紧急莫停驻。

注释

① 雨（yù）雪：雨，动词，这里是下雪。其雱（páng）：即"雱雱"，雪下得很大的样子。

② 惠而：即惠然，赞成。

③ 同行（háng）：同路。

④ 其虚其邪：即舒舒徐徐，迟疑不决的样子。虚，通"舒"。邪，通"徐"。

⑤ 亟：同"急"。既亟，事态紧急。只且（jū）：语尾助词，无实义。

⑥ 其喈：风声甚急。

⑦ 其霏（fēi）：雨雪纷飞的样子。

⑧ 同归：一同离去。

⑨ 莫黑匪乌：意指天下乌鸦一般黑。莫，没有哪个。匪，非。

⑩ 同车（jū）：一同坐车。

解析

从诗意可以看出，这是一首逃亡诗。因为什么而逃亡，逃亡的人都有谁，逃往哪里，这些具体信息都没有在诗中出现，作者仅描摹人们相约逃亡的瞬间，用北风、大雪等一系列具象描写出一幅寒冷、紧张和不安定的画面。这些对恶劣环境的描写，既是比喻，也是兴起。全诗三章，每段只变更部分字眼，造成一咏三叹、回环往

复的效果。

孔子说:"危邦不入,乱邦不居。"不主动进入政局动荡的国家,也不长久居留在动乱的国家。如果君主不贤明,则要见机而去,否则便有祸患加身。《北风》这首诗,讲述卫国君主暴虐,百姓相继逃亡的故事。"冰冻三尺,非一日之寒",许多时候,动乱和危险并不是突然出现,而是有迹可循的,聪明人能够通过平常的细枝末节判断局面。《北风》中的逃亡者,一遍一遍催促着事态紧急,一刻也不能停留,然而他们能否顺利逃出,作者并没有给予交代,使该诗意蕴丰富,耐人寻味。

静女

静女其姝❶，娴静姑娘真美好，
俟我于城隅❷。城边角落在等候。
爱而不见❸，躲藏起来找不见，
搔首踟蹰❹。叫我着急来回走。
静女其娈❺，娴静姑娘容貌俏，
贻我彤管❻。赠我一根小红管。
彤管有炜❼，红管光亮真好看，
说怿女美❽。爱它颜色鲜又艳。
自牧归荑❾，野外采荑送给我，
洵美且异❿。真是美好又珍异。
匪女之为美⓫，并非荑草长得美，
美人之贻。美人赠我多情意。

注释

❶ 静女其姝（shū）：静，娴雅素静。静女，即善良的女子；姝，美丽。

❷ 俟（sì）我于城隅（yú）：俟，等待；城隅，城角。

❸ 爱："薆"的假借字，隐藏。

❹ 搔（sāo）首踟蹰（chí chú）：搔首，用手搔头，表示着急的样子；踟蹰，徘徊。

⑤ 娈（luán）：面貌美好。

⑥ 贻（yí）我彤管：贻，赠送；彤管，红色的管状物品，可能是笔，或者乐器，或者是红色的植物。

⑦ 炜（wěi）：光亮鲜明的样子。

⑧ 说（yuè）怿（yì）女（rǔ）美：说怿，喜悦；女，通"汝"，表示你。

⑨ 自牧归（kuì）荑（tí）：牧，野外；归，同"馈"，赠送；荑，白茅的嫩芽，可剥食。

⑩ 洵（xún）：实在，确实。

⑪ 匪（fěi）：非，不是。

解析

一对青年男女，相约在城边见面。女子偷偷躲了起来，男子到了约会地点，找不见女子，非常着急，徘徊不定，抓耳挠腮。男子想起女子曾经送过一个红色的管子，男子对这红管非常喜爱。男子又想起有一次，女子从野外采摘了白茅，拿来送给自己。白茅不值什么，但礼轻情意重，男子非常珍惜。这首诗写了许多细节，这对男女约会的场景，仿佛呈现在我们眼前。

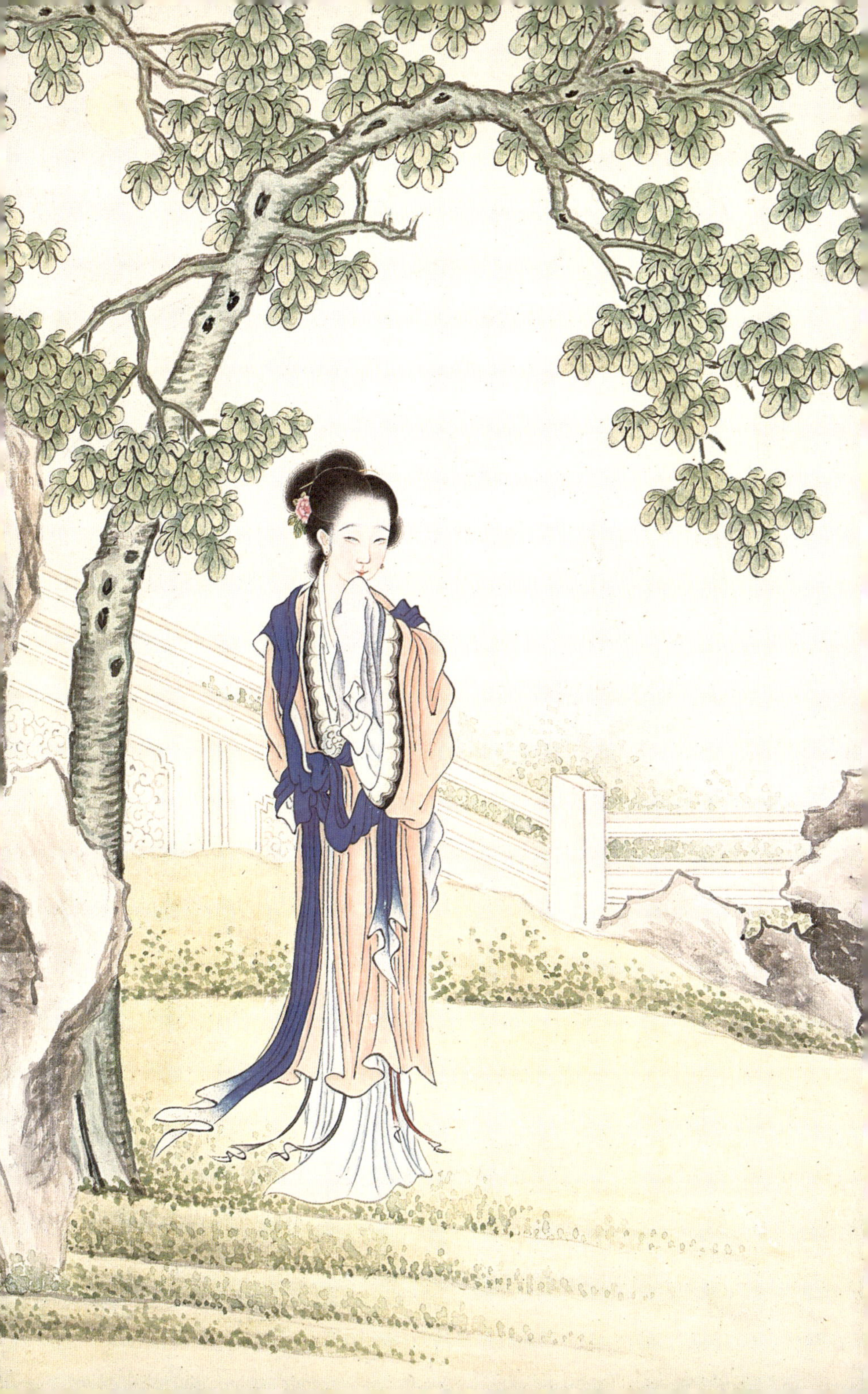

国风·鄘风

鄘风

『鄘风』共十篇。《左传·襄公二十九年》记载,吴国公子季札听了鲁国乐队歌唱了邶、鄘、卫三诗,便将其统称为卫风。可见『鄘风』和『邶风』一样,其实都是卫国之诗。卫国统治者曾一度荒淫无耻,乱象百出,甚至造成国家动乱,『鄘风』中便有极力讽刺统治者的篇章。

柏舟

泛彼柏舟❶，　　　　　柏木小船水中漂，
在彼中河。　　　　　　漂在河水正中央。
髧彼两髦❷，　　　　　垂发齐眉少年郎，
实维我仪❸。　　　　　真是我的好对象。
之死矢靡它❹。　　　　到死誓言不变心。
母也天只❺！　　　　　我的娘啊苍天啊！
不谅人只！　　　　　　总不相信我心啊！
泛彼柏舟，　　　　　　柏木小船水中漂，
在彼河侧。　　　　　　漂在那条河岸旁。
髧彼两髦，　　　　　　垂发齐眉少年郎，
实维我特❻。　　　　　真是我的好对象。
之死矢靡慝❼。　　　　到死誓言不变心。
母也天只！　　　　　　我的娘啊苍天啊！
不谅人只！　　　　　　总不相信我心啊！

国风·鄘风

注释

1. 泛：飘浮。
2. 髧（dàn）彼两髦（máo）：髧，头发下垂的样子；两髦，古代男子成年前，头发齐眉，分向两边的样子。
3. 仪：配偶。
4. 之死矢靡（mǐ）它：之，到；矢，通"誓"，发誓；靡，没有。
5. 母也天只：也、只，都是语助词。
6. 特：配偶。
7. 慝（tè）：通"忒"，差错、变动。

解析

女子看中了一个少年郎，垂发齐眉的模样让她非常动心，她发誓以表达真情。可是，母亲不同意女儿的选择，百般阻挠，女子着急又痛心，大喊："娘啊！苍天啊！为什么不相信我啊！"这女子最后的结果如何，我们无从得知，这首诗记录的只是她那一刻的心情。古代男女婚姻讲究"父母之命，媒妁之言"，年轻人不能自己做主，因此流传了许多美丽又凄凉的爱情故事。

比如"梁山伯与祝英台"的故事：相传祝员外有一个女儿，名叫祝英台，她美丽聪慧，自幼好学。为了读书，她女扮男装去了学堂。在学堂中，祝英台认识了一位同学，名叫梁山伯。梁山伯心地善良，两人对彼此都有好感。怎奈祝英台是富家女子，梁山伯却

家境贫寒。这件事被祝员外知道后，立马将女儿关了起来，不让她和梁山伯来往，并为女儿定下一门亲事，逼女儿嫁给别人。梁山伯知道后忧郁成病，不久去世。祝英台听到这个消息，痛哭不已。在出嫁那天，祝英台的花轿经过梁山伯的坟墓，她便下轿去拜祭，趴在坟前伤心欲绝。忽然，梁山伯的坟墓裂开了一道缝，祝英台毫不犹豫地跳了进去，坟墓的缝隙立马又合上了，惊得众人目瞪口呆。不一会儿，坟墓中飞出两只蝴蝶，绕着坟墓飞了一圈，最后飞向了天空。于是人们传说，梁山伯与祝英台的爱情感动了天地，使得他们化为蝴蝶，从此成双成对，再也不分开了。

桑中

爰采唐矣❶？　　　　　　　去往哪里采女萝？
沫之乡矣❷。　　　　　　　在那卫国的沫乡。
云谁之思？　　　　　　　　我的心中思念谁？
美孟姜矣❸。　　　　　　　美丽姜家大姑娘。
期我乎桑中❹，　　　　　　和我相约在桑中，
要我乎上宫❺，　　　　　　邀我相会在上宫，
送我乎淇之上矣❻。　　　　送我送到淇水旁。
爰采麦矣？　　　　　　　　去往哪里采麦穗？
沫之北矣。　　　　　　　　卫国沫乡北边忙。
云谁之思？　　　　　　　　我的心中思念谁？
美孟弋（yì）矣。　　　　　美丽弋家大姑娘。
期我乎桑中，　　　　　　　和我相约在桑中，
要我乎上宫，　　　　　　　邀我相会在上宫，
送我乎淇之上矣。　　　　　送我送到淇水旁。
爰采葑矣❼？　　　　　　　去往哪里采芜菁？
沫之东矣。　　　　　　　　卫国沫乡东边逛。

云谁之思？	我的心中思念谁？
美孟庸矣。	美丽庸家大姑娘。
期我乎桑中，	和我相约在桑中，
要我乎上宫，	邀我相会在上宫，
送我乎淇之上矣。	送我送到淇水旁。

注释

① 唐：女萝，俗称菟丝子。

② 沬（mèi）：春秋时卫国地名。

③ 美孟姜：美丽的姜家大姑娘。美，美丽；孟，表示家中排行老大；姜，女子的姓。后面的"美孟弋""美孟庸"与此同意。

④ 期我乎桑中：期，期会，相约；桑中，卫国地名，又叫"桑间"，也有人认为是指桑树林中。

⑤ 要（yāo）我乎上宫：要，通"邀"，邀约；上宫，指宫室，也有人认为是地名。

⑥ 淇：淇水，河流名字。

⑦ 葑（fēng）：芜菁，一种植物。

解析

这首诗或许是在男女踏青时演唱的。诗中，无论是姜家姑娘、弋家姑娘，还是庸家姑娘，实际上都是指美女。改动一个字，让诗产生了变化感。

《诗经》中，郑国和卫国的诗歌被称为"郑卫之音"，主要特点是大胆、热烈和奔放，违背了"雅"的准则，不符合"中庸之道"，孔子认为它们过于放纵。但是，"郑卫之音"大多反映了当时民间的现实生活，流传很广。有一次，魏文侯说："我端端正正地坐着听古代雅乐，很担心自己打瞌睡；听郑卫之音，却不会疲倦。"

相比古雅沉闷的传统音乐，大家更容易接受朴实有趣的世俗音乐。然而，俚俗有俚俗的好处，高雅也有高雅的必要，二者是不可或缺的。

鹑之奔奔

鹑之奔奔 ❶， 鹌鹑成对快快跑，
鹊之彊彊 ❷。 喜鹊成双翩翩飞。
人之无良 ❸， 这人心地不良善，
我以为兄！ 我却喊他作兄长！
鹊之彊彊， 喜鹊成双翩翩飞，
鹑之奔奔。 鹌鹑成对急急奔。
人之无良， 这人心地不善良，
我以为君！ 我却把他当国君！

注释

❶ 鹑（chún）之奔奔：鹑，鹌鹑，一种鸟；奔奔，急速奔跑的样子。
❷ 鹊之彊彊（qiáng）：鹊，喜鹊；彊彊，翩翩飞翔的样子。
❸ 无良：不良，不善。

解析

作者想说的话在后面，为什么在诗的开头，要分别加上"鹑之奔奔，鹊之彊彊""鹊之彊彊，鹑之奔奔"呢？其实这是"兴"的手法：用其他事物做开头，营造一种气氛或带起节奏，再引到真正要说的事情。

作者先用"鹌鹑"和"喜鹊"的成双成对营造全篇相亲相爱的和谐气氛,然后引出人的事情。人是不是也和鹌鹑、喜鹊一样和谐相处呢?不是。作者虽然有兄长或国君相对,这兄长或国君却品行不好,作者不能和他相亲相爱,只能形单影只。

相鼠

相鼠有皮，　　　　　你看老鼠有外皮，
人而无仪❶！　　　　做人却不顾仪止。
人而无仪，　　　　　做人若不顾仪止，
不死何为？　　　　　不死还能做何事？
相鼠有齿❷，　　　　你看老鼠有牙齿，
人而无止❸！　　　　做人却不知羞耻。
人而无止，　　　　　做人若不知羞耻，
不死何俟❹？　　　　不死还在等何事？
相鼠有体，　　　　　你看老鼠有肢体，
人而无礼！　　　　　做人礼仪不得体。
人而无礼，　　　　　做人礼仪不得体，
胡不遄死❺？　　　　为何还不快快死？

注释

❶ 仪：人的外在行为、仪表。

❷ 齿：牙齿，谐音"耻"。

❸ 止：假借为"耻"。也有人认为是指行为举止。

❹ 俟（sì）：等待。

❺ 遄（chuán）：快速、赶快。

解析

这是《诗经》中骂人最直接的一首诗。第一段用老鼠的外"皮"，来对比人的外在仪表；第二段用老鼠的"齿"（谐音"耻"），来对比人的内心羞耻；第三段用老鼠的"体"，来对比人的不得体行为。

有人推测，作者骂的是卫国的统治者。春秋时，卫国统治者昏庸无道。比如：卫庄公的儿子公子州吁杀害哥哥，自立为国君，成为春秋史上篡位弑君第一人；卫懿公喜欢养鹤，他给鹤加官晋爵、扩建宫殿，却不顾百姓生死……种种不顾礼义廉耻的行径，让作者痛心疾首，作者直骂他们连老鼠都不如!《相鼠》这首诗也就成了骂人的代名词。

《左传》中记载了一个故事：有一天，叔孙和庆封一起吃饭，庆封表现得很不恭敬。叔孙看不下去，就对庆封念了《相鼠》这首诗，讽刺庆封不知礼义廉耻，庆封却不明白其中的意思，依旧我行我素。一个人没有礼义廉耻，是无法在社会立足的。后来，庆封自食恶果，他在自己的国家待不下去，逃到他国后被杀，他的家族也因此被灭。

载驰

载驰载驱[1]，　　　　驾起马车快奔跑，
归唁卫侯[2]。　　　　回去哀悼我卫侯。
驱马悠悠[3]，　　　　赶马路途多遥远，
言至于漕[4]。　　　　刚到漕地别停留。
大夫跋涉[5]，　　　　许国大夫来追赶，
我心则忧。　　　　　阻我回家我心忧。
既不我嘉，　　　　　你们不肯赞成我，
不能旋反。　　　　　我也不能返回许。
视尔不臧[6]，　　　　比起你们心不善，
我思不远。　　　　　我的想法难舍去。
既不我嘉，　　　　　你们不肯赞成我，
不能旋济？　　　　　我也不能不往前。
视尔不臧，　　　　　比起你们心不善，
我思不閟[7]。　　　　我的想法不能变。
陟彼阿丘[8]，　　　　登上倾斜高山岗，
言采其蝱[9]。　　　　采摘贝母治忧伤。

女子善怀,　　　　　　女子虽然善感慨,
亦各有行。　　　　　　也是各自有主张。
许人尤之⑩,　　　　　许国众人责备我,
众稚且狂。　　　　　　众人幼稚且张狂。
我行其野,　　　　　　我在郊野走又走,
芃芃其麦⑪。　　　　　麦子青青正生长。
控于大邦,　　　　　　想到大国去控告,
谁因谁极?　　　　　　谁能依靠谁来帮?
大夫君子,　　　　　　许国大夫君子们,
无我有尤。　　　　　　不要对我生埋怨。
百尔所思,　　　　　　你们考虑千百遍,
不如我所之。　　　　　不如让我走一遍。

注释

① 载(zài):语助词,表示"又""且"。
② 唁(yàn):慰问死者家属,哀悼死者。
③ 悠悠:形容时间久或路途遥远。
④ 漕(cáo):卫国地名。
⑤ 跋涉(bá shè):跋山涉水。

❻ 臧（zāng）：善。

❼ 閟（bì）：闭塞，也有人认为是谨慎。

❽ 陟（zhì）：登。

❾ 蝱（méng）：贝母草，采药草治疗忧愁。

❿ 尤：怨恨、责备。

⓫ 芃芃（péng）：草木茂盛的样子。

解析

春秋时，卫国第十八任国君卫懿公，从小生活在王侯之家，不知民间疾苦。他有一个特殊的爱好：养鹤。他给每一只鹤都封了官职，并为鹤配备华丽的马车，甚至还不惜代价动用国库为鹤扩建宫殿，丝毫不顾百姓死活。

有一天，北方的狄人打了过来，卫懿公连忙派人抵御。卫国士兵不愿意出战，说："让鹤去打狄人吧，鹤都被封了官职，享有俸禄，我们又没有官职俸禄，怎么能去打仗？"卫懿公不得人心，被狄人乱刀砍死，身上的肉都被狄人吃掉，只剩下一副肝脏。狄人趁机冲进卫国都城，烧杀劫掠，城中尸骨如山。卫国百姓被杀得只剩下七百余人，再加上另外两个小城的百姓，总共存活五千余人。

卫懿公死后，卫国又立了一位国君，叫卫戴公，卫戴公才继位一个月，又死了。卫戴公有一个妹妹，远嫁到许国，被称为"许穆夫人"。许穆夫人听说卫国将亡，驾起马车就要去卫国慰问，她一

边赶路一边思考：该向哪个大国求助，才能挽救卫国危机？许国人胆小怕事，对帮助卫国的事情感到犹豫。他们不希望许穆夫人掺和到战乱中，派人跋山涉水追来，阻止她回卫国。许穆夫人又急又恨，写下了《载驰》这首诗。

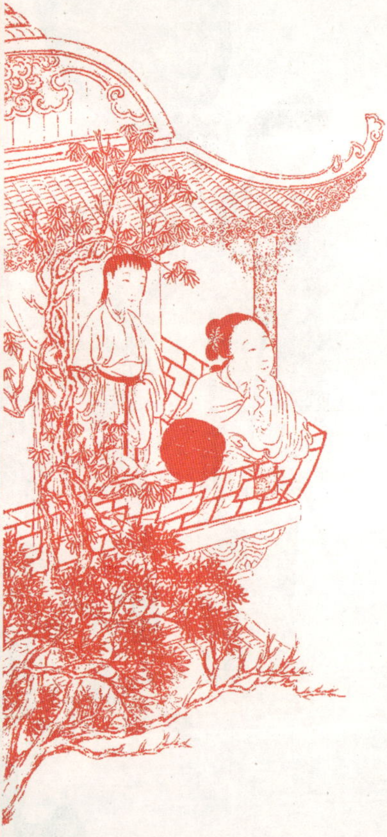

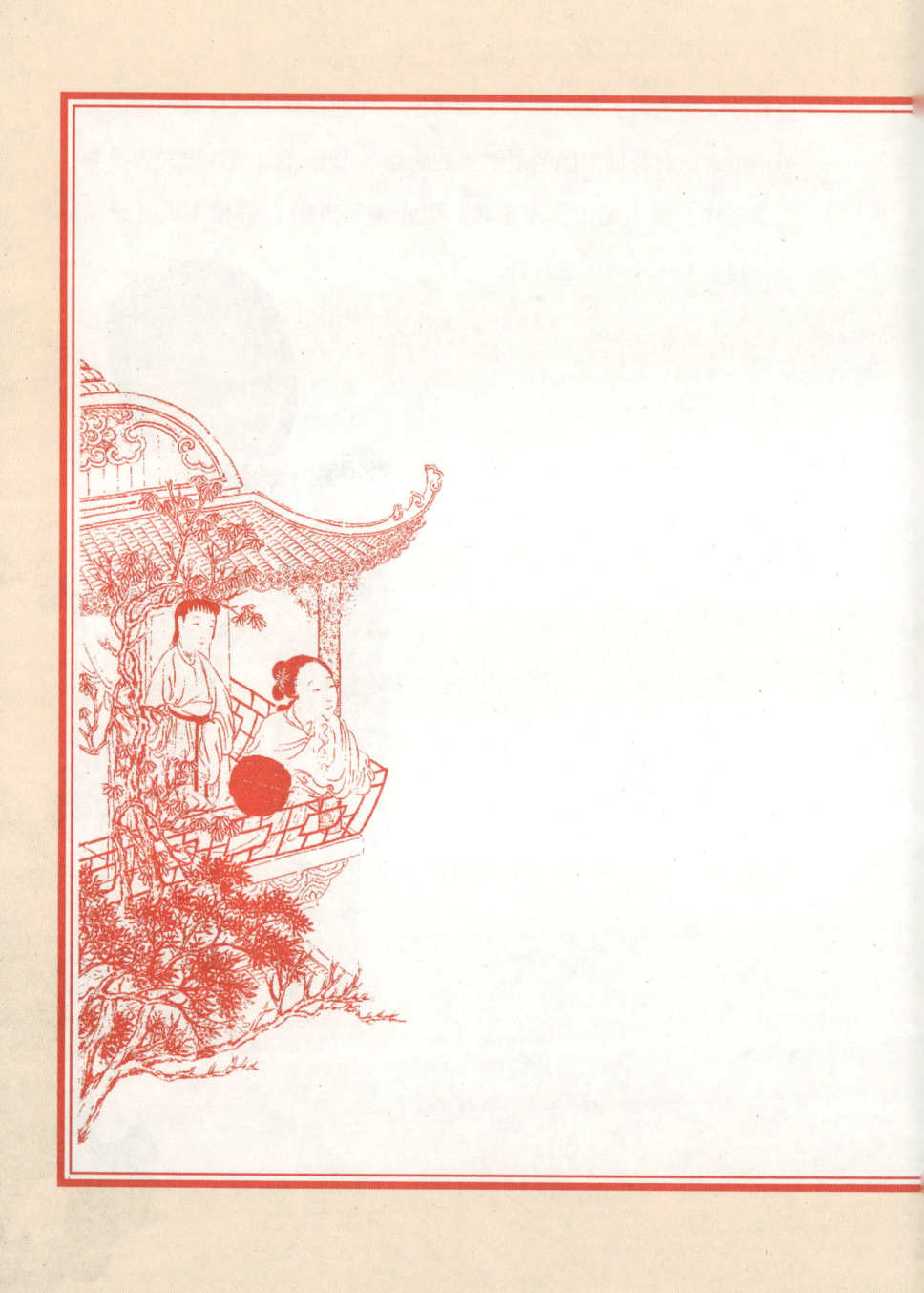

国风·卫风

卫风

卫国辖地大致为今河南北部,『卫风』即卫国民歌,一共十篇,内容既包括赞美卫康叔、卫武公之德,也包括描写男女情爱之诗。邶、鄘、卫是一个整体,卫国为殷商旧地,其繁荣是接受殷商文化浸润的结果。《诗经》中的卫诗,或许也经过了孔子的删减。

淇奥

瞻彼淇奥[1], 看那淇水弯曲处,
绿竹猗猗[2]。 碧绿竹子真修长。
有匪君子[3], 文采斐然好君子,
如切如磋, 切磋学问有涵养,
如琢如磨[4]。 琢磨道德更精良。
瑟兮僩兮[5], 仪容庄重神态好,
赫兮咺兮[6]。 地位显赫有威望。
有匪君子, 文采斐然好君子,
终不可谖兮[7]。 终是叫人太难忘。
瞻彼淇奥, 看那淇水弯曲处,
绿竹青青。 绿竹颜色青又青。
有匪君子, 文采斐然好君子,
充耳琇莹[8], 耳边美玉多晶莹,
会弁如星[9]。 帽上宝石如流星。
瑟兮僩兮, 仪容庄重神态好,
赫兮咺兮。 地位显赫威严生。

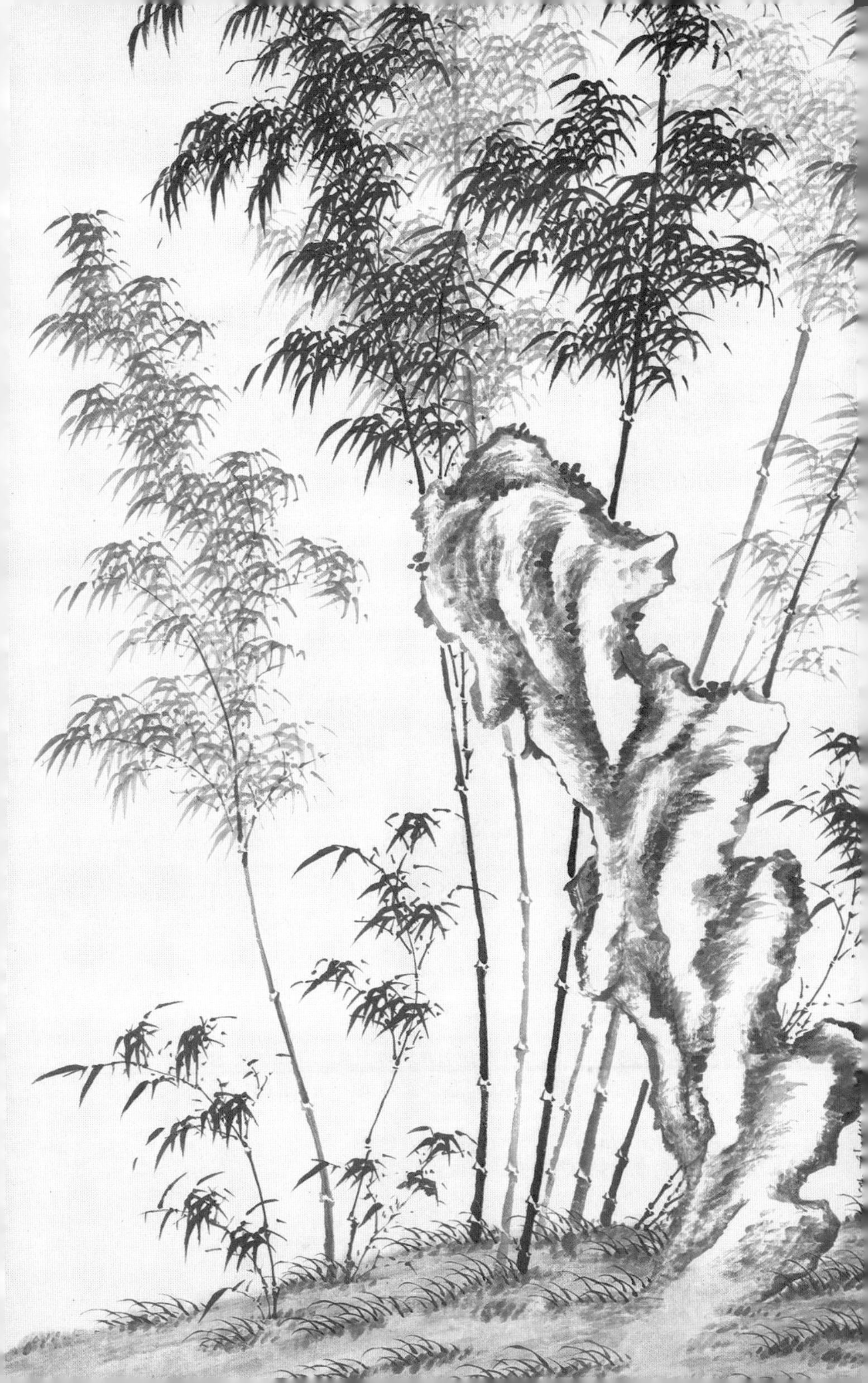

有匪君子，	文采斐然好君子，
终不可谖兮。	终是叫人不能忘。
瞻彼淇奥，	看那淇水弯曲处，
绿竹如箦⑩。	碧绿竹子一片密。
有匪君子，	文采斐然好君子，
如金如锡⑪，	身份贵重如铜锡，
如圭如璧⑫。	品行高雅如圭璧。
宽兮绰兮⑬，	心宽广啊性旷达，
猗重较兮⑭。	身往车前横木依。
善戏谑兮⑮，	谈吐幽默又风趣，
不为虐兮⑯。	从不粗暴无怨意。

注释

❶ 瞻（zhān）彼淇奥（yù）：瞻，往前或往上看；淇，淇水，河流名称；奥，水边弯曲地带。

❷ 猗猗（yī）：形容修长美丽。

❸ 匪（fěi）：通"斐"，有文采的样子。

❹ 如切如磋（cuō），如琢如磨：切、磋、琢、磨，是玉石骨器加工的四个方法。古代把骨头加工成器物叫"切"，把象牙加工成器物叫"磋"，把玉加工成器物叫"琢"，把石头加工成器物叫"磨"。因此，切、磋、琢、磨常用来比喻商量研究，互相学习，改正缺点。

❺ 瑟兮僴(xiàn)兮：瑟，仪容庄重；僴，神态威严。

❻ 赫兮咺(xuān)兮：赫，显赫；咺，有威仪。

❼ 谖(xuān)：忘记。

❽ 充耳琇(xiù)莹：充耳，古代挂在冠冕两旁的饰品，一般由玉石做成，下垂到耳边；琇莹，宝石。

❾ 会弁(guì biàn)如星：会，皮帽两缝相合的地方；弁，鹿皮帽子；如星，形容帽子上的宝石如同星星闪烁。

❿ 箦(zé)："积"的假借，堆积。形容竹子连成一片。

⓫ 如金如锡：金是指铜；古人铸造青铜，是用铜和锡的合金，所以铜、锡往往连称。

⓬ 如圭如璧：圭、璧都是玉制礼器，都是贵族朝会或举行隆重仪式时使用。这里用来表示君子身份贵重、品德高雅。

⓭ 宽兮绰兮：心胸宽广，性情旷达。

⓮ 猗(yǐ)重(chóng)较兮：猗，通"倚"；重较，古代卿士乘坐的马车，车厢上有两重横木，供人攀扶依靠。

⓯ 戏谑(xuè)：开玩笑。

⓰ 虐(nüè)：粗暴。

解析

开篇不说君子，而描写碧绿竹林，营造全诗基调，这是"兴"的手法。再则，竹子在古人眼中是一种清新高雅的植物，如果将它比作君子，也未尝不可，所以这里又有"比"的成分。

有人喜欢漂亮的外表，只顾衣饰打扮，不顾内在修养；有人却

认为内在修养更重要，只顾读书学习，不顾外在打扮。这些都失之偏颇了。春秋时期，人们既重视一个人的内在修养，也重视他的外在样貌。内外兼美的人，才是君子。

诗中有一句"如切如磋，如琢如磨"，做人就像是加工玉石骨器，要不断地调整，反复打磨，才能做出最好的成品。如果觉得自己已经做得够好，不需要再去改善，就永远无法做到极致了。

有一次，子贡问孔子："贫穷却不去谄媚别人，富贵却不骄傲自大，这样的人怎么样？"孔子说："算可以的了。只是不如贫穷却乐于道义，富贵却又好礼的人。"子贡说："《诗经》上写的'如切如磋，如琢如磨'，说的是这个意思吧？"孔子很开心，认为子贡开窍了，夸赞了子贡一番。子贡所说的那种人，已经做得够好了，但孔子又举出了更好的例子。可见这世上没有最好，只有更好！

硕人

硕人其颀[1],　　　　　高大美人长身躯,
衣锦䌹衣[2]。　　　　　锦衣裳外罩单布。
齐侯之子,　　　　　　这是齐侯有好女,
卫侯之妻,　　　　　　卫国国君新迎娶,
东宫之妹,　　　　　　也是齐国太子妹,
邢侯之姨,　　　　　　邢国称为小姨子,
谭公维私[3]。　　　　　谭国国君是妹婿。
手如柔荑[4],　　　　　手指柔嫩如春天白茅,
肤如凝脂[5],　　　　　皮肤白润如凝固油脂,
领如蝤蛴[6],　　　　　脖颈细长如天牛幼虫,

注释

[1] 硕（shuò）：高大。颀（qí）：身材高。
[2] 衣（yì）：穿，衣锦即穿锦衣。䌹（jiǒng）：罩在外面的单衫，用来遮挡尘土。
[3] 谭公维私：谭公指谭国国君；私，女子称呼姐妹的丈夫。
[4] 柔荑（tí）：春天的白茅芽，比喻手指柔嫩纤细。
[5] 凝脂：凝固的油脂，比喻洁白细嫩的皮肤。
[6] 领如蝤蛴（qiú qí）：领，脖颈；蝤蛴，天牛幼虫，白色而细长。

齿如瓠犀[7]，　　　牙齿整齐如瓠瓜子儿，
螓首蛾眉[8]，　　　额头丰满而眉毛细长，
巧笑倩兮[9]，　　　嘴角一笑多好看动人，
美目盼兮[10]。　　　眼波一转真令人着迷。
硕人敖敖[11]，　　　高大美人身躯好，
说于农郊[12]。　　　车子暂停在农郊。
四牡有骄[13]，　　　四马健壮多神气，
朱幩镳镳[14]，　　　红色帛绢绕马嚼，

注释

[7] 瓠犀（hù xī）：瓠瓜子儿，颜色白皙，排列整齐。

[8] 螓（qín）首蛾眉：螓，长得像蝉的一种昆虫，头宽广方正，比喻美女额头饱满宽正；蛾眉，比喻眉毛像飞蛾的触须一般细长。

[9] 巧笑倩兮：巧笑，指美好的笑；倩，嘴角好看。

[10] 美目盼兮：美目，美丽的眼睛；盼，眼珠转动，也有人认为是指眼睛黑白分明。

[11] 敖敖：身材高大的样子。

[12] 说（shuì）：通"税"，指停车休息。

[13] 四牡有骄：牡，指雄马；有骄，健壮的样子。

[14] 朱幩（fén）：红色的绢绸，用来装饰马嚼子两边。镳（biāo）：本指马嘴衔着的嚼子，镳镳，表示盛美的样子。

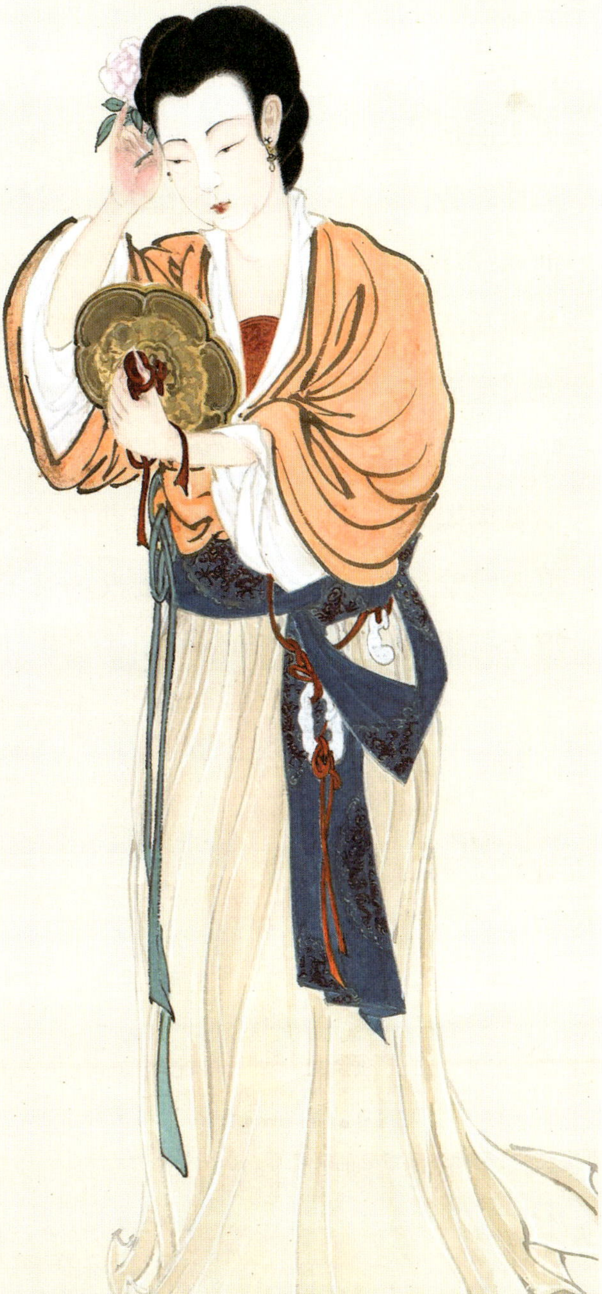

翟茀以朝[15]。 　　　　雉羽饰车来入朝。

大夫夙退[16]， 　　　　大夫忙完早退下，

无使君劳。 　　　　别让卫君太辛劳。

河水洋洋， 　　　　黄河水面白茫茫，

北流活活[17]， 　　　　北流入海波浟浟，

施罛濊濊[18]， 　　　　张开渔网撒水里，

鱣鲔发发[19]， 　　　　鱣鱼鲔鱼乱跳荡，

葭菼揭揭[20]， 　　　　水中芦荻长又长。

庶姜孽孽[21]， 　　　　陪嫁姜女高又美，

庶士有朅[22]。 　　　　陪嫁臣子真雄壮。

注释

[15] 翟（dí）：野鸡毛羽。茀（fú）：车外遮挂的席子。朝（cháo）：上朝，此处指庄姜嫁到卫国，在朝堂和卫庄公相见。

[16] 夙（sù）：早。

[17] 北流活（guō）活：北流，黄河在齐国西边及卫国东边，北流入海；活活，水流的声音。

[18] 施：张设。罛（gū）：大渔网。濊濊（huò）：撒网入水的声音。

[19] 鱣（zhān）：鱣，大鲤鱼。鲔（wěi）：一种像鱣的小鱼。发发（pō）：也有说读 bō bō，形容鱼尾跳荡的声音。

㉑ 葭（jiā）：芦草。菼（tǎn）：荻草。揭揭（jiē）：长长的样子。
㉑ 庶（shù）姜：众多姜姓女子，指陪嫁的人。孽孽（niè）：形容高大美丽。
㉒ 庶士：众多陪嫁臣子。有朅（qiè）：即朅朅，指威武雄壮的样子。

解析

　　这首诗连用几个新奇的比喻，来形容女子的美丽，看得人眼花缭乱。其实，古人还有许多花式夸人法呢！比如"沉鱼落雁，闭月羞花"是夸赞女子漂亮；"沉鱼"是指西施在河边浣洗纱布时，水中的鱼儿看到西施的漂亮，都羞愧得沉到了河底；"落雁"是指王昭君出塞时，天空中的大雁看到她的美丽，忘记了摆动翅膀，于是跌落到了地下；"闭月"是指貂蝉在夜间拜月时，那月亮比不过貂蝉的美，躲到了云彩后面；"羞花"是指杨玉环的美，让花草都羞于开放。是不是充满了夸张和想象？

　　形容一个人美丽的诗句，还有"云想衣裳花想容，春风拂槛露华浓""春风十里扬州路，卷上珠帘总不如""俏丽若三春之桃，清素若九秋之菊""芙蓉不及美人妆，水殿风来珠翠香""垆边人似月，皓腕凝霜雪""玉容寂寞泪阑干，梨花一枝春带雨"等各具意境的表达。我们要多读诗，才能见识到古人高超的想象力和描写能力！

氓

氓之蚩蚩[1]，　　　　那个小伙笑嘻嘻，
抱布贸丝[2]。　　　　抱着布匹来买丝。
匪来贸丝[3]，　　　　不是真的来买丝，
来即我谋[4]。　　　　是来找我议婚事。
送子涉淇，　　　　　送你渡过淇水岸，
至于顿丘[5]。　　　　直到顿丘才告辞。
匪我愆期[6]，　　　　不是我要再拖延，
子无良媒。　　　　　你无媒人来操持。
将子无怒[7]，　　　　请你不要生我气，
秋以为期[8]。　　　　就定秋天为婚期。

注释

[1] 氓：民，百姓。蚩：同"嗤"。蚩蚩即嗤嗤，笑嘻嘻的样子。
[2] 贸：交换。
[3] 匪：非。
[4] 即：就，接近。谋：这里指商量婚事。
[5] 顿丘：地名，在今河南省清丰县。
[6] 愆期：误期，失期。
[7] 将（qiāng）：请。
[8] 秋以为期：倒装，即以秋为期。

国风·卫风

乘彼垝垣⁹, 登上那个破城墙,
以望复关¹⁰。 遥望复关盼情郎。
不见复关, 不见复关情郎面,
泣涕涟涟¹¹。 眼泪涟涟沾衣裳。
既见复关, 已见郎从复关来,
载笑载言¹²。 有说有笑情意长。
尔卜尔筮¹³, 你去虔心求卜卦,
体无咎言¹⁴。 卦象吉祥心舒畅。
以尔车来, 用你车儿来接我,
以我贿迁¹⁵。 我嫁你家带嫁妆。

注释

❾ 乘:登。垝（guǐ）垣（yuán）：荒废的城垣。

❿ 复关：地名，男子所住的地方。或说复关即重关，男子来去经过的重关，亦通。

⓫ 涟涟：涕泪不断流下的样子。

⓬ 载笑载言：又笑又说。载，又，且。

⓭ 尔：你，指氓。卜：占卜，用火烧灼龟甲一面事先凿好的凹槽，观察另一面龟背上的裂纹，以判断吉凶。筮（shì）：用蓍（shī）草排比推算来占卦。

⓮ 体：卦体，即占卜所显示出的吉凶。咎言：不吉利的话。结婚前占卜，这是当时的习俗。

⓯ 贿：财物，这里指嫁妆。

109

桑之未落，　　　　　桑树繁茂还未落，
其叶沃若[16]。　　　叶子润泽真鲜嫩。
于嗟鸠兮[17]，　　　哎呀树上斑鸠呀，
无食桑葚[18]。　　　别吃桑葚别嘴贪。
于嗟女兮，　　　　　哎呀年轻姑娘呀，
无与士耽[19]。　　　不要沉溺男女欢。
士之耽兮，　　　　　男子沉溺爱情里，
犹可说也[20]。　　　还能脱身事事安。
女之耽兮，　　　　　女子沉溺爱情里，
不可说也。　　　　　不能脱身太艰难。
桑之落矣，　　　　　桑树叶儿掉落时，
其黄而陨[21]。　　　枯黄憔悴随风荡。

注释

[16] 沃若：即沃然，润泽柔嫩的样子。
[17] 于：同"吁"，叹词。鸠：斑鸠，鸟名。
[18] 桑葚：桑树上结出的果实，酸甜可食，传说斑鸠吃桑葚过多会迷醉。
[19] 耽：指过度沉溺于爱情。
[20] 说：同"脱"，摆脱或解脱。
[21] 陨（yǔn）：落下。

自我徂尔[22]，	自从我嫁你家来，
三岁食贫[23]。	年年贫困苦难忘。
淇水汤汤[24]，	看那淇水滔滔流，
渐车帷裳[25]。	溅水湿到车帘上。
女也不爽[26]，	女子平时没过错，
士贰其行[27]。	男子行为变两样。
士也罔极[28]，	男子爱情无定准，
二三其德[29]。	前后不一难仰仗。
三岁为妇，	多年为妻守妇道，

注释

[22] 徂（cú）：往，到。徂尔：到你家来，即嫁给你。

[23] 三岁：多年。"三"是虚数，言其多，并非实指三年。

[24] 汤汤（shāng）：水盛大的样子。

[25] 渐（jiān）：沾湿。帷裳：车厢两旁的帷幕。

[26] 爽：差错。

[27] 贰：偏差，言行不一。行（xíng）：行为。

[28] 士也罔极：反复无常，没有原则。罔，无。极，准则。

[29] 二三其德：即变心，心口不一。

靡室劳矣[30]。	家中事务我全包。
夙兴夜寐[31]，	起早贪黑多劳累，
靡有朝矣[32]。	日日如此非一朝。
言既遂矣[33]，	你的愿望已达到，
至于暴矣[34]。	对我态度变粗暴。
兄弟不知，	兄弟不知我心苦，
咥其笑矣[35]。	反而把我来调笑。
静言思之，	静心仔细反复想，
躬自悼矣[36]。	独自伤心无依靠。

注释

[30] 靡室劳矣：此句谓男子不承担家务。靡，无，没有。室劳，家务劳动。

[31] 夙兴夜寐：起早睡晚。

[32] 靡有朝矣：没有哪一天不如此。

[33] 言：助词。既：已经。遂：顺从，如愿。

[34] 暴：暴虐。

[35] 咥（xì）：哈哈大笑的样子。

[36] 躬：自身，自己。悼：伤心。

及尔偕老㊲，　　　说要与你一起老，
老使我怨。　　　　老了却使我哀怨。
淇则有岸，　　　　淇水宽阔有堤岸，
隰则有泮㊳。　　　沼泽地带有涯畔。
总角之宴㊴，　　　回顾少年真安乐，
言笑晏晏㊵。　　　说说笑笑多烂漫。
信誓旦旦㊶，　　　听那誓言最诚恳，
不思其反㊷。　　　不曾想过会违反。
反是不思㊸，　　　已经违誓就别想，
亦已焉哉㊹！　　　从此撇开各自散！

注释

㊲ 及：与，和。偕老：白头偕老，这是氓曾对女子的誓言。

㊳ 隰：低洼的湿地。泮：通"畔"，岸。

㊴ 总角，羊角辫。这里代指童年。宴：欢乐。

㊵ 晏晏：和悦温柔的样子。

㊶ 信誓旦旦：诚恳发誓。

㊷ 不思：没想到。反：变心，背叛。

㊸ 是：这，指誓言。

㊹ 已：止，罢了。已焉哉：算了吧。

解析

这是一名弃妇的悔恨之诗。诗中描写了她和男子从认识到恋爱,再到结婚,最后被男子抛弃的全过程。全诗篇幅虽然不算很长,但每一个情节都描写得细致而妥帖,反映了当时妇女被压迫的社会现象,对后世汉乐府的叙事诗有直接影响。

第一章描写热恋时男子借着换丝的理由来找女子谈论婚事,女子因为对方没有派遣媒人而有所犹豫,却又害怕男子生气,只能妥协。第二章写女子急切地等待男子过来迎娶,"不见复关,泣涕涟涟。既见复关,载笑载言",用"见"和"不见"时的心情做对比,将热恋中女子的悲喜表达得活灵活现。然而,一份感情从一开始就不对等,男子连体面都不肯给对方,女子迁就着嫁过去后,真能得到对方的尊重吗?显然不能。于是诗的第三章便出现转折,有了"士之耽兮,犹可说也。女之耽兮,不可说也"的感慨。第四章以桑叶的陨落来比照男女情意的衰减。女子嫁过去后,日日辛劳,憔悴不已,虽然没犯什么过错,但男子的心却改变了。第五章,女子遭到丈夫的虐待侮辱,却得不到任何人的安慰与支持,她的亲兄弟也在一旁讥笑她,她只能独自伤心。第六章,女子悔恨自己轻信儿时的誓言。如今海誓山盟言犹在耳,而这段感情却只能舍弃了。

诗经中的"弃妇诗"不止一首,其他诗中的弃妇或许会被人加以同情,而这首诗中的弃妇却非常有争议,因为她的出嫁并不符合

当时礼法。古代婚嫁讲究"父母之命，媒妁之言"，如果没有父母的同意和媒人的撮合，这段婚姻就没有保障，得不到社会的保护。

　　古代的礼法放在今天是否还合理，这并不是重点，我们的重点在于"自爱"。无论男女，一旦放纵自己的欲望，就容易堕入迷途，因此在做选择时不能不慎重。诗中的男子自然不对，他未必有多么喜欢这名女子，因为他明知不请媒人就会让女子遭到社会的唾弃，然而他依旧不在意。女子的行为也欠缺考量，是她主动放弃了获得他人尊重的机会去讨男子的欢心。如果感情的维持，需要靠其中一方不断做出退让和迁就，甚至践踏自己的自尊，这份感情就不会有好结果。人应该先自爱，才会得到他人的尊重。

河广

谁谓河广❶？	谁说黄河宽又广？
一苇杭之❷。	一片苇筏就能泛。
谁谓宋远❸？	谁说宋国很遥远？
跂予望之❹。	踮起脚尖就望见。
谁谓河广？	谁说黄河宽又广？
曾不容刀❺。	却不能容一条船。
谁谓宋远？	谁说宋国很遥远，
曾不崇朝❻。	一个早上到对岸。

注释

❶ 河:黄河。

❷ 一苇杭之:苇,芦苇编的筏子;杭,通"航"。

❸ 宋:春秋时国名,作者应是宋国人,所以想回宋国。

❹ 跂(qǐ):通"企",踮起脚尖。

❺ 刀:通"舠",小船。

❻ 崇朝(zhāo):崇,通"终";朝,早上。

解析

一位远在他国的宋人思念家乡,却又因为某种原因,不能回到

宋国，便作了这首诗。这首诗很短，我们却能感受到作者思乡心切，因为他每一句都用了夸张手法，运用想象与变形，夸大或缩小事物的某些特征。

"谁谓河广？一苇杭之。"人们都说黄河又宽又广，他却认为用芦苇编成小筏子就能渡过去。在他的眼中，和思乡之情一比，黄河再宽广也不值一提。"谁谓河广？曾不容刀。"黄河那么宽广，却容不下一只回家的小船。黄河真的容不下一条小船吗？不是，只是没有能让作者回家的小船，这是夸张，也是无奈。

"谁谓宋远？跂予望之。"身在他国是看不见自己国家的，他却认为踮起脚尖就能望见，可见心中时时刻刻挂念家乡。"谁谓宋远？曾不崇朝。"他认为自己一个早上就能渡过黄河，这是归心似箭的表现。

大诗人李白说："朝辞白帝彩云间，千里江陵一日还。"船的速度自然不会有这么快，但诗人心情非常喜悦和急切，在他的眼中，船只就是如此之快。"夸张"是为了突出作者的某种感情，引起读者的共鸣。

伯兮

伯兮朅兮❶，　　　　　　夫君威武又雄壮，
邦之桀兮❷。　　　　　　才能出众是栋梁。
伯也执殳❸，　　　　　　夫君双手持长殳，
为王前驱❹。　　　　　　充当先锋为我王。
自伯之东❺，　　　　　　自从夫君去东征，
首如飞蓬❻。　　　　　　头发散乱如飞蓬。
岂无膏沐❼？　　　　　　难道我没润发油？
谁适为容❽！　　　　　　叫我为谁修仪容！
其雨其雨❾，　　　　　　几次三番盼下雨，
杲杲出日❿。　　　　　　明亮太阳偏降临。
愿言思伯⓫，　　　　　　念念不忘我夫君，
甘心首疾⓬！　　　　　　想到头痛也甘心。
焉得谖草⓭？　　　　　　如何能得忘忧草？
言树之背⓮。　　　　　　种在北房那小径。
愿言思伯，　　　　　　　念念不忘我夫君，
使我心痗⓯！　　　　　　使我日日成心病。

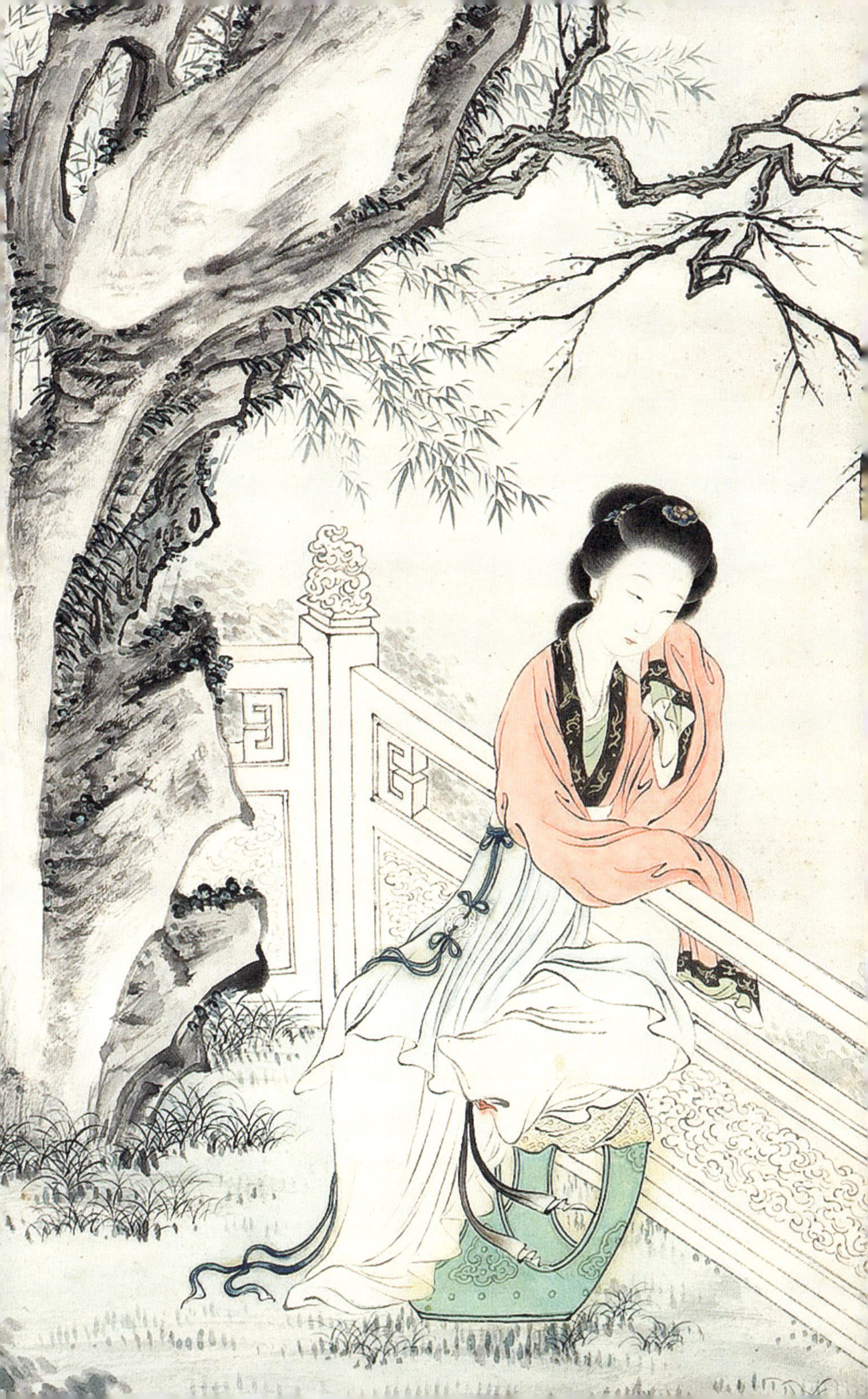

注释

❶ 伯：女子称自己的丈夫。朅（qiè）：通"偈"，威武雄健的样子。

❷ 邦：国。桀：通"杰"，才智出众的人。

❸ 殳（shū）：兵器名。

❹ 前驱：先锋。

❺ 之：往。

❻ 飞蓬：飞散的蓬草，喻指头发凌乱。

❼ 膏：润发的油。沐：洗头。

❽ 适：悦乐。容：修饰容貌。

❾ 其：语助词，表示祈求的语气。

❿ 杲杲（gǎo）：明亮的样子。

⓫ 愿言：念念不忘的样子。

⓬ 甘心：情愿。首疾：头痛。

⓭ 焉：哪里。谖（xuǎn）草：即萱草，又名忘忧草。

⓮ 言：而，乃。树：种植。背：通"北"，这里指北房的阶下。

⓯ 痗（mèi）：病，忧伤。

解析

古人排行惯用伯、仲、叔、季，这名男子或许是家中老大，才会被称为"伯"。这名"伯"是女子的夫君或心上人，他气概英武，能做到军队的前驱。诗的第二章很有意思，自从"伯"去了远方，女子的头发就如同缭乱的蓬草一般。凭空道出这一怪现象是什么缘

由？女子自问自答，难道是因为没有油膏沐浴吗？不是，是因为她思念着"伯"，"伯"不在身边，她无心打扮，梳洗给谁看？第三、四章，女子进一步诉说自己的忠贞，由于思念"伯"，甚至想到头痛，可她是甘心的。她希望能种植一些忘忧草，却无法解决自己的相思病。

　　这是一首闺思之作。所谓"闺思"，就是闺中女子的思念与愁绪。诗中女子思念远行在外的丈夫，被称为"思妇"，她们的丈夫或许在外经商，或许在外打仗，长年累月无法回家。由于古代交通和信息都不发达，许多夫妇聚少离多，往往多诉哀怨，所以"闺思"是中国诗歌的一大母题。《伯兮》中女主人公的相思，在古代非常具有普遍性，因此后来的诗人描摹闺思，往往采用《伯兮》的手法，比如"自君之出矣，明镜暗不治"，自从丈夫出远门后，梳妆的镜子都搁置起来了；"君行殊不返，我饰为谁荣"，丈夫出门不回来，我装饰停当又有何用呢？所谓"女为悦己者容"表达的正是这个意思。

木瓜

投我以木瓜①，　　　　你将木瓜赠给我，
报之以琼琚②。　　　　我将琼琚来回报。
匪报也③，　　　　　　并非只是为回报，
永以为好也！　　　　　是为永远和你好！
投我以木桃④，　　　　你将木桃赠给我，
报之以琼瑶。　　　　　我将琼瑶来回报。
匪报也，　　　　　　　并非只是为回报，
永以为好也！　　　　　是为永远和你好！
投我以木李⑤，　　　　你将木李赠给我，
报之以琼玖。　　　　　我将琼玖来回报。
匪报也，　　　　　　　并非只是为回报，
永以为好也！　　　　　是为永远和你好！

注释

① 木瓜：《尔雅》上叫作"楸（mào）"，与下面的"木桃"是同一种水果，只是口感不同，但不是现在的木瓜。
② 琼琚（qióng jū）："琼琚""琼瑶""琼玖（jiǔ）"都指美玉。
③ 匪：同"非"，不是。

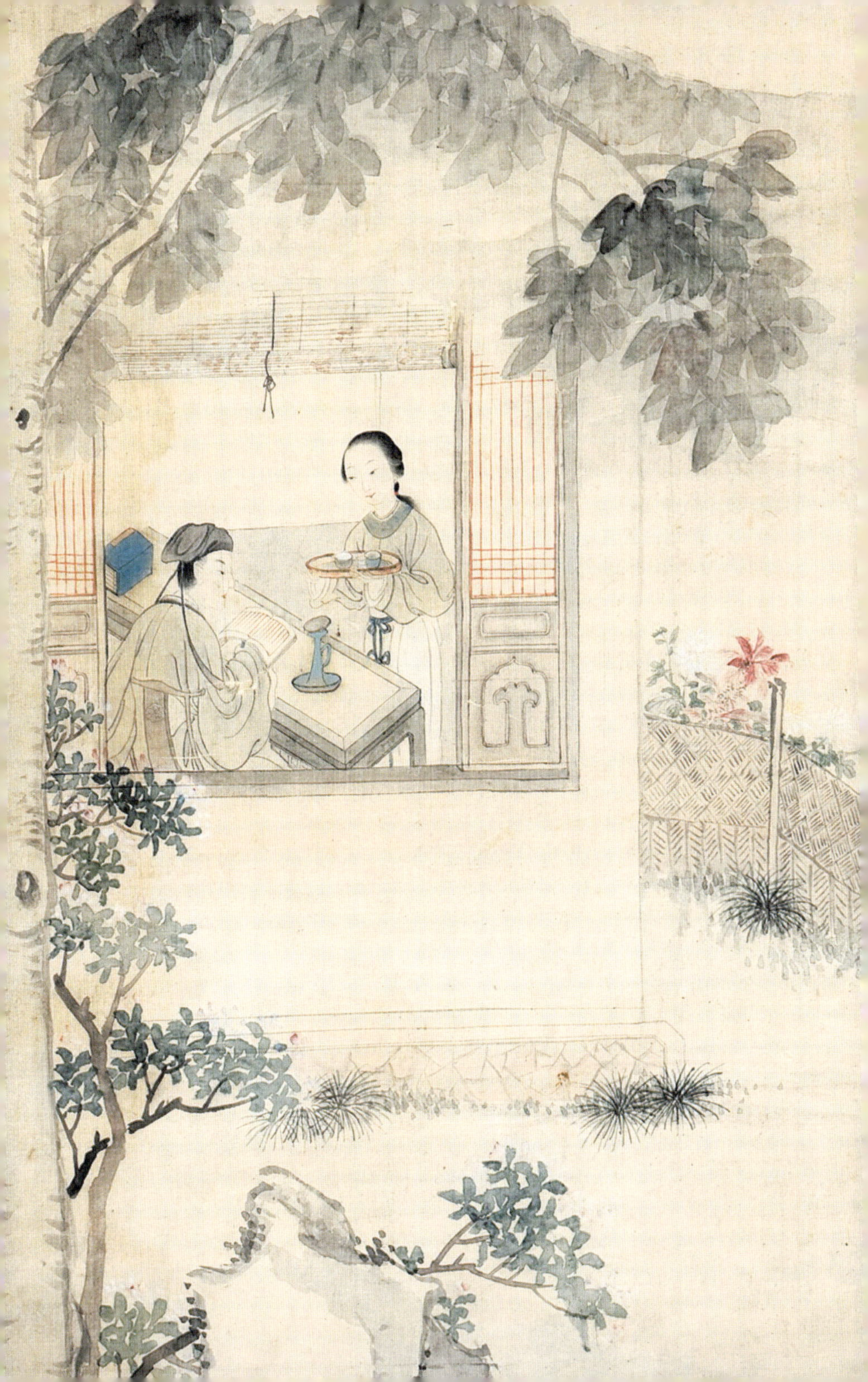

④ 木桃：即楂子，水果名。

⑤ 木李：榠楂（míng zhā），落叶灌木或小乔木。似木瓜而大。果实味涩，可供药用。

解析

古人讲究"礼尚往来"和"知恩图报"。一方对另一方示好，而另一方想要加倍回报。你赠给我果子，我回报给你美玉。美玉自然比果子贵重很多，这代表回报方对这份恩情的感激和珍视。我加倍对你好，才不辜负你的好意。这就是《木瓜》这首诗歌的内涵。

这首简单的诗歌，却有不同的解释。有人认为，春秋时，齐国曾帮助过卫国，卫国人想要报答齐国，就写了这首诗；有人认为，这是一名臣子想要报答他的君主；还有人认为，这是男女或朋友之间赠答相好。不管哪种解释，最终都是报答之意。多种解释并行，说明这首诗具有广泛的适用性。

国风·王风

王风

「王风」共十篇，指东周洛邑之诗。西周灭亡，周平王东迁以后，王室的号召力与尊严都已不再，周天子甚至与诸侯无异，其诗不能复雅，所以将其贬抑，称为王国之变风。郑玄《诗谱》认为，「王风」其音哀以思，象征王道的衰微。因周朝将亡，所以说它是荡然无纲纪的文章。

黍离

彼黍离离❶，	看那黍子一行行，
彼稷之苗❷。	稷谷小苗在生长。
行迈靡靡❸，	缓缓步行在旧乡，
中心摇摇❹。	心神不定叹凄凉。
知我者，	能够理解我的人，
谓我心忧，	知道我心很忧伤。
不知我者，	不能理解我的人，
谓我何求。	问我还想要怎样。
悠悠苍天，	苍天遥远又辽阔，
此何人哉？	是谁害我这模样？
彼黍离离，	看那黍子一行行，
彼稷之穗。	稷谷穗儿在生长。
行迈靡靡，	缓缓步行在旧乡，
中心如醉。	我心如喝醉一样。
知我者，	能够理解我的人，
谓我心忧，	知道我心很忧伤。

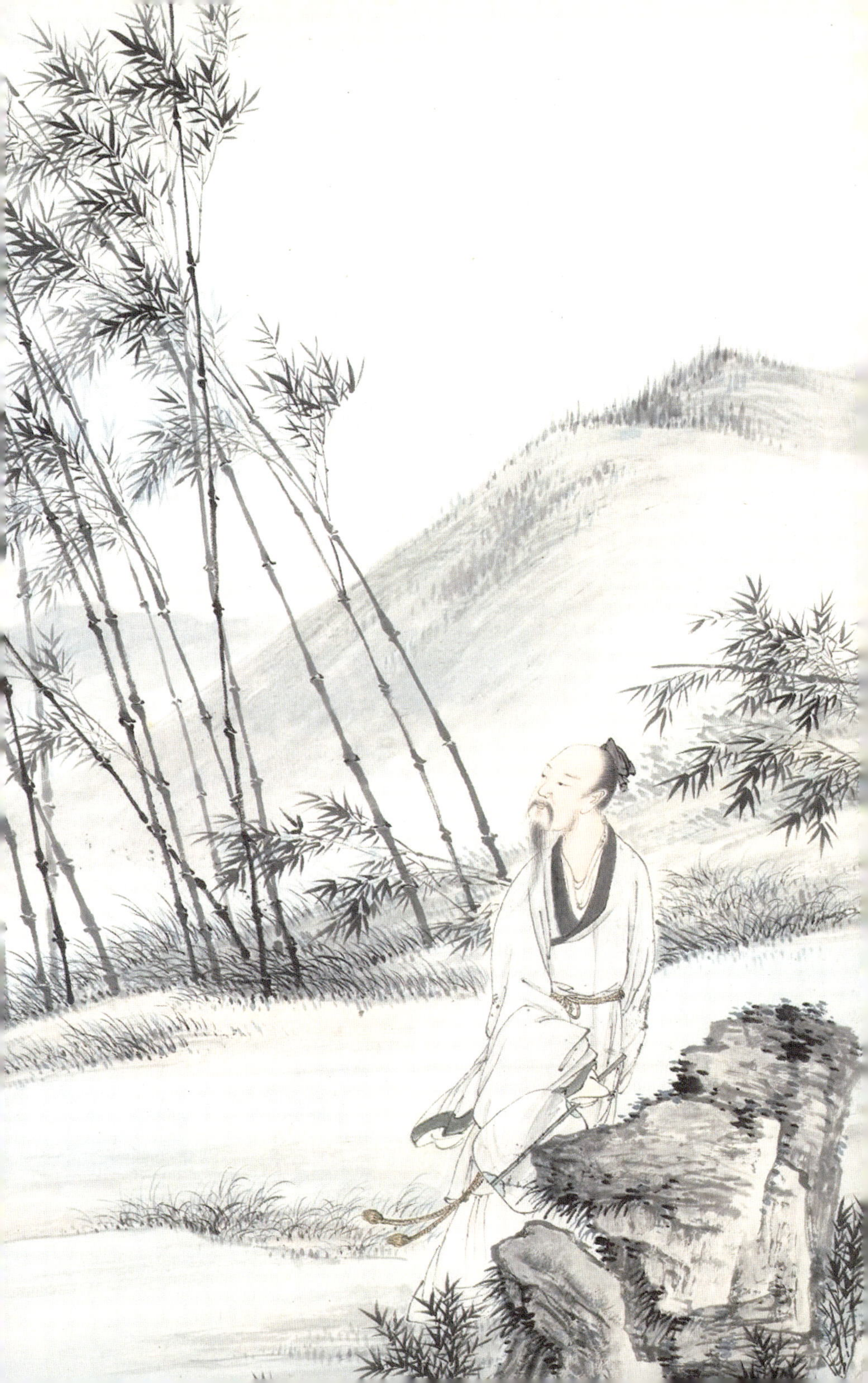

不知我者，	不能理解我的人，
谓我何求。	问我还想要怎样。
悠悠苍天，	苍天遥远又辽阔，
此何人哉？	是谁害我这模样？
彼黍离离，	看那黍子一行行，
彼稷之实。	稷谷结实在生长。
行迈靡靡，	缓缓步行在旧乡，
中心如噎⑤。	心中堵塞恨难量。
知我者，	能够理解我的人，
谓我心忧，	知道我心很忧伤。
不知我者，	不能理解我的人，
谓我何求。	问我还想要怎样。
悠悠苍天，	苍天遥远又辽阔，
此何人哉？	是谁害我这模样？

注释

❶ 彼黍（shǔ）离离：黍，一种像小米的农作物；离离，成行列的样子。

❷ 稷（jì）：古代一种农作物。

❸ 行迈靡靡（mǐ）：行迈，行走；靡靡，行走迟缓的样子。

❹ 中心摇摇：中心，心中；摇摇，心神不定的样子。

❺ 噎（yē）：堵塞。这里指忧伤很深，难以呼吸。

解析

西周末期，周幽王宠爱妃子褒姒，想要废掉王后和太子，引起王后的父亲申侯的不满。申侯联合西方犬戎人进攻周幽王，将周幽王杀死了。犬戎人趁机烧杀掠夺，申侯不能控制。太子依靠诸侯的帮助，继位为周平王。为了安抚百姓，躲避犬戎的攻击，周平王将国都往东迁，史称东周。

后来，东周朝中有一位大夫出行，路过西周旧日的都城，他看到旧都再没有过去的繁华，人去楼空，只剩下一片茂盛的黍苗尽情生长，不禁悲从中来。他在路上慢慢地行走，却没有人能理解他的忧伤。他想要倾诉自己的忧愁，却不知从何说起。作者由物及情，寓情于景，发出国家败亡的忧郁之歌。

君子于役

君子于役[1],　　　　　丈夫服役在外地,
不知其期,　　　　　　不知回来的限期,
曷至哉[2]?　　　　　　回到家来是几时?
鸡栖于埘[3],　　　　　鸡儿进窝正栖息,
日之夕矣,　　　　　　一天已到傍晚时,
羊牛下来。　　　　　　牧野牛羊回圈睡。
君子于役,　　　　　　丈夫服役在外地,
如之何勿思[4]!　　　　叫我怎能不相思?
君子于役,　　　　　　丈夫服役在外地,
不日不月,　　　　　　日月无法来量计,
曷其有佸[5]?　　　　　什么时候再相会?
鸡栖于桀[6],　　　　　鸡儿在木桩栖息,
日之夕矣,　　　　　　天色已到傍晚时,
羊牛下括[7]。　　　　　牧野牛羊成群回。
君子于役,　　　　　　丈夫服役在外地,
苟无饥渴[8]?　　　　　应该不会渴与饥?

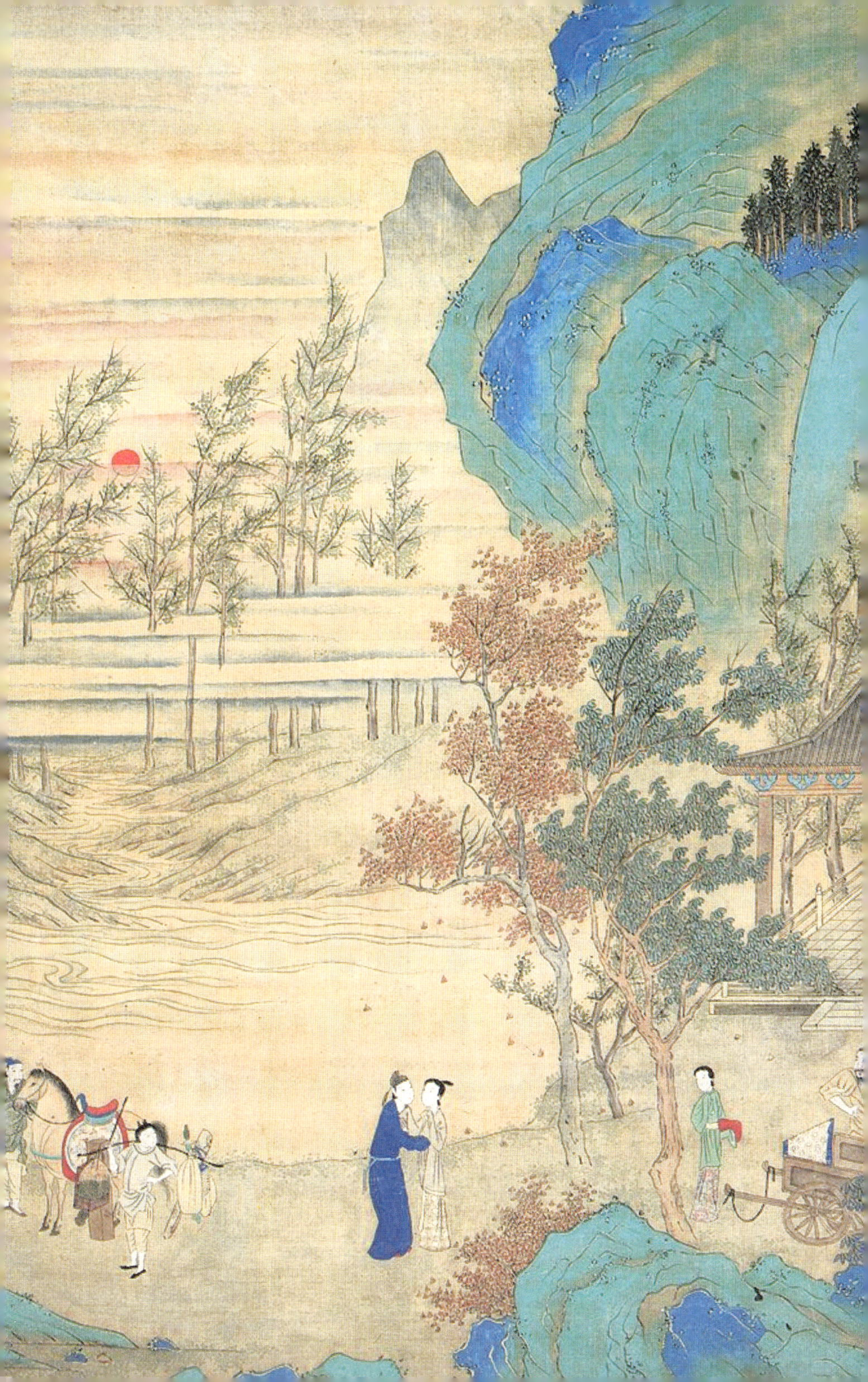

注释

1. 于役：到外面服劳役。
2. 曷至哉：曷，何，这里指何时；至，回家；哉，表示感叹的语气词。
3. 埘（shí）：在墙壁上凿成的鸡窝。
4. 如之何勿思：怎么能不思念？
5. 佸（huó）：相会、聚会。
6. 桀（jié）：鸡栖息的木头，或用木头搭建的鸡窝。
7. 下括：通"佸"，聚集。这里指牛羊回来后关在一起。
8. 苟：大概、也许。

解析

这位女子每天过着平淡安宁的日子，却无时无刻不在思念丈夫。诗的开头和结尾都在表达思念，中间穿插写景，使得女子的思念更加具体。我们仿佛看到傍晚时分，夕阳的余晖斜照在辽阔苍远的牧野，鸡儿和牛羊成群结队地回家，独她一个人久久站立，显得格外孤独寂寞。如果去掉中间的景物描写，这首诗也就失去了具体的形象。

"一切景语皆情语"，中国古诗词的特点在于情景交融。诗歌中描写的风景，都是为了表达作者的情感。比如我们熟悉的柳宗元的《江雪》："千山鸟飞绝，万径人踪灭。孤舟蓑笠翁，独钓寒江雪。"四句全在描写一个画面，读者能够从中感受到作者清高孤傲、超脱世俗的情感。

葛藟

绵绵葛藟❶,　　　　　绵延的葛藤,
在河之浒❷。　　　　　在大河小陆。
终远兄弟❸,　　　　　我远离兄弟,
谓他人父❹。　　　　　喊别人为父。
谓他人父,　　　　　　喊别人为父,
亦莫我顾❺!　　　　　也不予照顾!
绵绵葛藟,　　　　　　绵延的葛藤,
在河之涘❻。　　　　　在大河水滨。
终远兄弟,　　　　　　我远离兄弟,
谓他人母。　　　　　　喊别人母亲。
谓他人母,　　　　　　喊别人母亲,
亦莫我有❼!　　　　　也不肯亲近!
绵绵葛藟,　　　　　　绵延的葛藤,
在河之漘❽。　　　　　看那河深广。
终远兄弟,　　　　　　我远离兄弟,
谓他人昆❾。　　　　　喊别人兄长。

谓他人昆,   喊别人兄长,
亦莫我闻⑩!   也不肯相帮!

注释

① 绵绵:连绵不断的样子。葛藟:又名"千岁藟"。落叶木质藤本。叶广卵形,夏季开花,圆锥花序,果实黑色,可入药。

② 浒:水边。

③ 终:既。远:弃。兄弟:指家人。

④ 谓:称,喊。

⑤ 莫我顾:倒装,正常语序为"莫顾我"。莫,没有人。顾:眷顾。

⑥ 涘(sì):水边。

⑦ 有:同"友",亲近、亲爱。

⑧ 漘(chún):深水边。

⑨ 昆:兄长。

⑩ 闻:同"问",慰问。

解析

《毛诗序》说:"《葛藟》,王族刺平王也。周室道衰,弃其九族焉。"西周灭亡后,周平王东迁洛阳,王朝势力已大不如前,尤其镐京附近的地区经过丧乱,满目疮痍。周朝王室的日子都很艰难,更不要说百姓的生活。因此,这一带出现了许多落魄的贵族和流浪者,他们怀念以前的繁华昌盛,感慨物是人非。

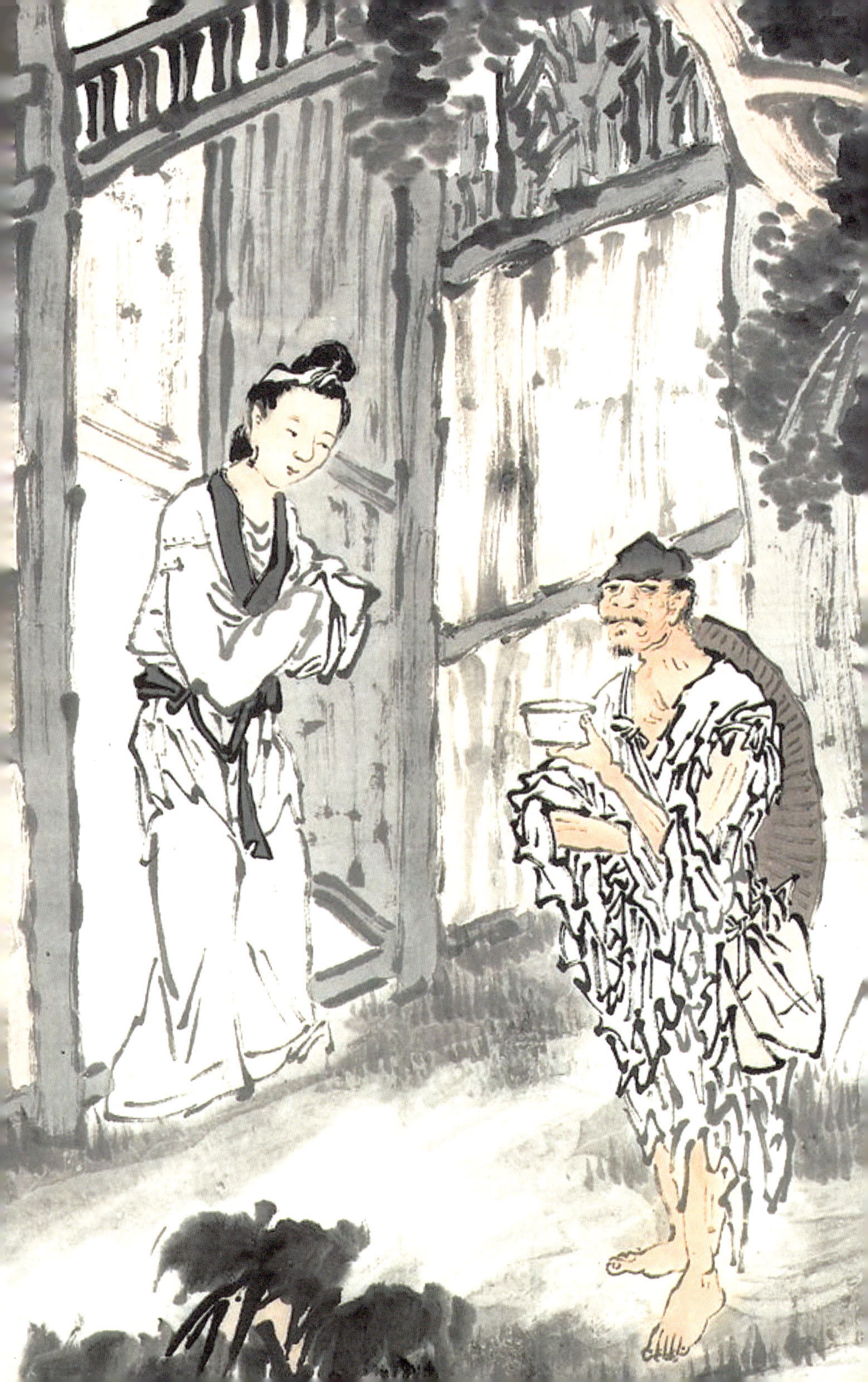

《葛藟》就是这大动乱时代的流浪者之歌。诗人流落异乡，殷切地想念自己的至亲。诗开头用绵延不断的葛藟做比兴，葛藟本应长在山谷，如今却生在河边，这是不得其所，比喻人民流离失所；葛藟枝叶茂盛，能庇护它的本根，就好像公族子孙昌盛，才能维护公室。而诗人如今身在异乡，为了求助，不得不称呼别人为父亲、母亲。可即便低声下气，别人也毫不理睬。中国人历来看重家族的发展，这种沉痛的"乞儿声，孤儿泪"，却昭示着那以血缘为纽带的宗族关系正日渐衰微，人们孤独无助，叫人不忍再看。

采葛

彼采葛兮[1]，   那个采葛的人啊，
一日不见，   一天没有见到她，
如三月兮！   如同隔了三月啊！
彼采萧兮[2]，   那个采萧的人啊，
一日不见，   一天没有见到她，
如三秋兮[3]！   如同隔了九月啊！
彼采艾兮[4]，   那个采艾的人啊，
一日不见，   一天没有见到她，
如三岁兮！   如同隔了三年啊！

注释

[1] 葛：葛藤。茎可以制作纤维，用来织布。
[2] 萧：蒿的一种。有香气，古代常用来祭祀。
[3] 三秋：三季，即九个月。
[4] 艾：艾草。可以治病。

解析

在野外采摘植物，是春秋时女子的常规性劳动。女子采葛是为了织布，采萧是为了祭祀，采艾是为了治病。这位女子一定勤劳又

美丽，令主人公深深着迷。他无时无刻不期盼着她到来，只要一天没有见到她，他就觉得时间格外漫长。从"三月"到"三秋"，再到"三岁"，都是夸张的说法。夸张的时间越来越长，体现了主人公越来越焦急的心情。

　　离别的时间总是显得漫长，而相处的时间就在一眨眼。在美好的日子里，哪怕是过了三年，也仿佛只过了三天。在客观上，时间并没有真的变长或变短，只是人的期盼不一样了。

国风·郑风

郑风

"郑风"共二十一篇,郑国地域大致包括今河南中部和邻省一些地方。郑国地处中原,与东周王畿(jī)接壤,当地的百姓创造了一种抒情细腻、激越活泼的新曲调,和当时凝重迟缓的"雅乐"形成对比,再加上大部分是情诗,受到了当时人们的喜爱。孔子认为这种声音失去了和平中正的美德,"恶郑声之乱雅乐也",评价说"郑声淫"。郑声和卫声合称"郑卫之音"。

叔于田

叔于田❶，	你去打猎出了门，
巷无居人。	小巷像是没住人。
岂无居人？	难道真的没住人？
不如叔也。	没人能和你并论。
洵美且仁❷。	确实俊美又慈仁。
叔于狩❸，	你去冬猎才一走，
巷无饮酒。	小巷没人能饮酒。
岂无饮酒？	难道没人能饮酒？
不如叔也。	没人能和你相斗。
洵美且好。	确实俊美又优秀。
叔适野❹，	你出门儿去郊野，
巷无服马❺。	小巷没人会骑马。
岂无服马？	难道没人会骑马？
不如叔也。	没人比你更好呀。
洵美且武。	俊美英武人人夸。

国风·郑风

注释

❶ 叔于田：叔，古代兄弟辈中年纪较小者统称为"叔"，这里指年轻猎人；于，去；田，通"畋（tián）"，打猎。

❷ 洵（xún）：确实，真正的。

❸ 狩：此处指田猎。

❹ 适：到，往。

❺ 服马：骑马的人，或者指用马驾车。

解析

古代兄弟辈中，年纪较小的人被统称为"叔"，这里是指年轻猎人。这是夸赞一名年轻猎人的诗，最明显的手法就是设问和夸张。

作者在每章开头分别说出一种不正常现象：整个巷子空无一人，整个巷子无人饮酒，整个巷子没人会骑马。接着又设问：为什么会这样？然后自己回答：因为他们都比不上叔。

巷子里有那么多人，却没有一个比得上叔的俊美和仁爱；巷子里有人在饮酒，却没有一个比得上叔的酒量和礼仪；巷子里有人会骑马，却没有一个比得上叔的勇敢和英姿。作者的心里眼里只容得下叔，他人就好像不存在，这是夸张的说法。

清人

清人在彭[1]，	清地军队在彭地，
驷介旁旁[2]。	四马披甲拉车强。
二矛重英[3]，	二矛重叠挂缨饰，
河上乎翱翔[4]。	黄河边上任游荡。
清人在消，	清地军队在消地，
驷介麃麃[5]。	四马披甲真威武。
二矛重乔[6]，	二矛重叠野鸡羽，
河上乎逍遥。	黄河边上任来去。
清人在轴，	清地军队在轴地，
驷介陶陶[7]。	四马披甲任奔跑。
左旋右抽[8]，	向左转车右挥戈，
中军作好。	军中似乎准备好。

注释

[1] 清人：清地的人，指郑国大臣高克带领的清邑的士兵。彭：地名，在黄河边上。后面"消""轴"也是郑国地名。

[2] 驷（sì）介：四匹马拉的车称为"驷"，马甲称为"介"。
旁旁：同"彭彭"，马强壮有力的样子。

国风·郑风

❸ 二矛重（chóng）英：二矛，插在车子两边的矛；重英，重重叠叠的缨饰。

❹ 翱（áo）翔：游戏的样子。

❺ 麃麃（biāo）：英勇威武的样子。

❻ 乔：借为"鷮（jiāo）"，长尾野鸡，此指矛上装饰的羽毛。

❼ 陶陶：和乐的样子。也有人认为是马奔跑的样子。

❽ 左旋右抽：古代兵车的作战方式。在古代战车中，驾车的士兵站在车厢中的左边，手持兵器负责攻击的士兵站在车厢中的右边，因此双方进行车战，两军相接时都向自己的左边转车，这样右边负责进攻的士兵才能交战在一起。旋，转车。抽，通"搯"，攻击的意思。

解析

有一次，北方的狄人进攻中原，打到了黄河以北的地区。郑国在黄河以南，担心狄人渡过黄河，便派人去边境镇守。郑文公很讨厌高克这个大臣，便趁着这个机会，把高克调到边境，让他远离国都。即便没有战事，郑文公也不让高克回去，高克便长时期滞留边境。

高克每天率领军队在黄河边上舞刀弄枪，驾着马车到处游荡。郑国人看到他这样，就写了《清人》这首诗。《清人》的每一句都像是夸赞军队威武、战备齐全，实际上却是讽刺高克耀武扬威、无所事事。夸得越厉害，就讽刺得越厉害，这叫"反讽"。

后来，高克率领的士兵们因为没有作战目标，失去了纪律约束，很快轰然而散，各自离开。高克知道自己不能再回国都，便逃到了陈国。《春秋》记载这件事为："郑弃其师。"认为是郑文公昏庸，自己放弃了国家军队，而不能全怪高克。还有人议论说，如果高克率领军队反攻国都，那郑文公的位子就不保了。讨厌一个人，却让他单独率领国家军队，这是很不明智的做法。

羔裘

羔裘如濡①，
洵直且侯②。
彼其之子，
舍命不渝③。
羔裘豹饰④，
孔武有力⑤。
彼其之子，
邦之司直⑥。
羔裘晏兮⑦，
三英粲兮⑧。
彼其之子，
邦之彦兮⑨。

羔羊皮袄多润泽，
为人正直又完美。
他是这样一个人，
舍弃性命也不悔。
羔羊皮袄带豹饰，
特别勇武又有力。
他是这样一个人，
国家司直主正义。
羔羊皮袄真鲜明，
豹皮镶边光耀增。
他是这样一个人，
可称国家大贤能。

注释

① 如：同"而"。濡（rú）：柔软有光泽。
② 洵：确实。直：正直。侯：美。
③ 不渝：不变。
④ 豹饰：用豹皮作装饰。

⑤ 孔：甚，很。
⑥ 司直：司，主持，负责。直，正人之过。司直即负责规劝过错的官。
⑦ 晏：鲜艳。
⑧ 三英：即上面的豹皮装饰。粲：鲜明。
⑨ 彦：美士，才德出众的人。

解析

羔羊皮袄是当时朝中大夫的服饰，诗人通过夸赞服饰的润泽华美，来烘托君子的忠正勇武。古人讲究人要"称其服"，一个人的服饰要与其身份地位相称，若光是衣服鲜明华丽，而为人却琐屑不堪，就不配穿那么好的衣服。表面上看，这首诗是称赞朝中正直的官吏。

郑国自从郑庄公执政开始，朝中贤良忠正之人日益稀少。这首诗借赞美古代君子，来讽刺当下朝廷无忠正之臣。朝无贤臣，一般是国君不贤明的缘故，真可谓是借古讽今。

借古讽今，是古人作诗常用的一种手法。诗人对当下的时事有所不满，却又因为种种原因无法直接批评，便借用古代的人和事来影射现实。借古讽今也可以理解为是通过例举一种好榜样或坏榜样，供当下的人们对照和思考。

女曰鸡鸣

女曰鸡鸣,
士曰昧旦❶。
子兴视夜❷,
明星有烂❸。
将翱将翔,
弋凫与雁❹。
弋言加之❺,
与子宜之。
宜言饮酒,
与子偕老。
琴瑟在御,
莫不静好❻。
知子之来之❼,
杂佩以赠之。
知子之顺之,
杂佩以问之。

女人说鸡已打鸣,
男人说天还没亮。
不信起来看夜色,
启明星闪闪发光。
破晓时群鸟飞翔,
快射野鸭和雁行。
野鸭大雁快射取,
我为你来烹调好。
好菜上桌饮美酒,
和你一起到终老。
我弹琴来你鼓瑟,
生活和睦又协调。
知道你对我慰劳,
赠你玉佩表我心。
知道你对我体贴,
我用玉佩安慰你。

| 知子之好之， | 知道你对我爱恋， |
| 杂佩以报之。 | 我用玉佩报答你。 |

注释

1. 昧（mèi）旦：天色将亮未亮之时。
2. 兴：起来。
3. 明星：启明星。
4. 弋（yì）凫（fú）：弋，射鸟；凫，野鸭子。
5. 弋言加之：言，语助词；加，射中。
6. 琴瑟在御，莫不静好：琴瑟，两种乐器；御，用，弹奏；静好，和睦安好。一方弹琴，一方奏瑟，声音和谐，比喻生活和睦。
7. 来：借为"赉"（lài），慰劳。

解析

　　这是一首夫妻对答诗,即将夫妻双方的对话记录成诗。

　　首先,妻子说公鸡已经打鸣,要开始一天的劳作了,而丈夫却说天还没亮,不信你去看启明星,它还在天上闪烁呢!面对丈夫的懒惰,妻子温柔地劝诫:"天亮了,鸟儿都出巢了,你快出门打猎。打中猎物,我为你做好酒好菜。我们要好好地白头到老。"这对夫妻的生活,就好像琴瑟的声音一样和谐美妙。丈夫对妻子的勤勉和温柔表示感动,将身上的玉佩解下来送给妻子,并在结尾一咏三叹。

　　整首诗似一幕生活小剧,用一件贪睡的小事,体现夫妻诚笃的感情和美好的人生愿望。古人认为这是"贤夫妇相警戒之辞",是贤惠夫妻互相劝勉、鼓励对方勤劳的诗。怎样才算是对的人?那个能让你勤奋上进而又不失欢喜的人,就是对的人!

有女同车

有女同车,　　　　　姑娘和我同乘车,
颜如舜华[1]。　　　　容颜好似木槿花。
将翱将翔,　　　　　身姿轻盈任遨游,
佩玉琼琚。　　　　　珍贵玉石佩身下。
彼美孟姜,　　　　　那是美丽姜家女,
洵美且都[2]！　　　　真是漂亮又娴雅！
有女同行[3],　　　　姑娘和我同乘车,
颜如舜英[4]。　　　　容颜好似木槿花。
将翱将翔,　　　　　身姿轻盈任遨游,
佩玉将将[5]。　　　　佩玉撞击声锵锵。
彼美孟姜,　　　　　那是美丽姜家女,
德音不忘[6]！　　　　良好声誉真难忘！

注释

❶ 舜：通"瞬"，瞬间花开花落，这里指木槿花，木槿朝开夕落。华："花"的古字。

❷ 都：娴雅大方。

❸ 行（háng）：道路。

❹ 英：花。

❺ 将将：同"锵锵"，象声词。

❻ 德音：美德声誉。不忘：不尽。

解析

这首诗从字面上看，是赞美一位新娘容颜美丽与品德高尚。诗人运用了比喻的手法，将女子的容颜比喻成美丽的木槿花。《有女同车》不仅极力赞美新娘的外貌，还在最后一句将"孟姜"的品德点出，表示她不仅外貌漂亮，内心修养和品德也令人难忘。

山有扶苏

山有扶苏❶，	高高山上有扶苏，
隰有荷华❷。	低湿洼地有荷花。
不见子都❸，	没有看见美男子，
乃见狂且❹。	却是遇见轻狂娃。
山有乔松，	高高山上有大松，
隰有游龙❺。	低湿洼地有红蓼。
不见子充❻，	没有看见好男儿，
乃见狡童❼。	却是遇见小滑头。

注释

❶ 扶苏：一种长在山上的树木。

❷ 隰（xí）：洼地。荷华：荷花。

❸ 子都：古代美男子。

❹ 狂且（jū）：狂妄的人。且，语助词。

❺ 游龙：一种水草，又名红蓼。

❻ 子充：古代良人名。

❼ 狡：狡猾诡诈；也有人认为同"姣"，是美貌的意思。结合全文来看，笔者认为是狡猾的意思。

解析

这是一名女子与心上人打情骂俏的诗。"山有……隰有……"这个句式在《诗经》中很常见,通常和男女爱情有关。比如《邶风·简兮》中有"山有榛,隰有苓"。意思是说:山上有高大的树木,洼地有美丽的水草。用草木各得其所,来比喻男女能得其所。

子都是春秋时著名的美男子,孔子都说:"看不见子都的俊美的人,是没眼睛的瞎子。"子充也是郑国的好男子,泛指美好的人。女子对情人说,我本想遇着一个美男子,不料却碰上你这个滑头。两人蜜里调油,互开玩笑打趣,表示他们的亲密无间。

褰裳

子惠思我 ❶，	你若爱我想念我，
褰裳涉溱 ❷。	提起下衣过溱水。
子不我思，	你若半点不想我，
岂无他人？	难道没人再找我？
狂童之狂也且 ❸！	傻小子可真傻哟！
子惠思我，	你若爱我想念我，
褰裳涉洧 ❹。	提起下衣过洧水。
子不我思，	你若半点不想我，
岂无他士 ❺？	难道没人再找我？
狂童之狂也且！	傻小子可真傻哟！

注释

❶ 惠：见爱。

❷ 褰（qiān）裳（cháng）涉溱（zhēn）：褰，提起；裳，下衣；涉，从水里走过；溱，郑国河流名。

❸ 狂童之狂也且（jū）：狂，痴，傻；狂童类似于"傻小子"；也且，句末语气词。

❹ 洧（wěi）：郑国河流名。

❺ 他士：其他未婚年轻男子。

解 析

　　一名姑娘期待心上人过来看望自己,男主人公或许是被其他事情绊住了,又或者没做好约会的准备,使得姑娘心里着急。姑娘催促男子,要他直接提起衣服从河里走过来。男子不过来,她也没有卑微地哀求,没有丧失自我。她赌气地说:"你不过来,难道我就没有其他人爱了?"从女子口是心非的话中,我们可以看到她的自尊和坚强,性格里带着爽朗和泼辣。

风雨

风雨凄凄，	风雨凄凄下不停，
鸡鸣喈喈①。	鸡儿声声叫不停。
既见君子，	已经见到心上人，
云胡不夷②。	心中平静又安宁。
风雨潇潇，	风雨潇潇下不停，
鸡鸣胶胶③。	鸡儿声声叫不停。
既见君子，	已经见到心上人，
云胡不瘳④。	心病怎会不消停。
风雨如晦，	风雨遮天如黑夜，
鸡鸣不已。	鸡儿鸣叫不停息。
既见君子，	已经见到心上人，
云胡不喜。	心中怎会不欢喜。

注释

① 喈喈（jiē）：鸡叫声。

② 云胡不夷：云，语助词；胡，何；夷，平，指内心平静。

③ 胶胶：鸡叫声。

④ 瘳（chōu）：本意是疾病痊愈，这里指心病消除。

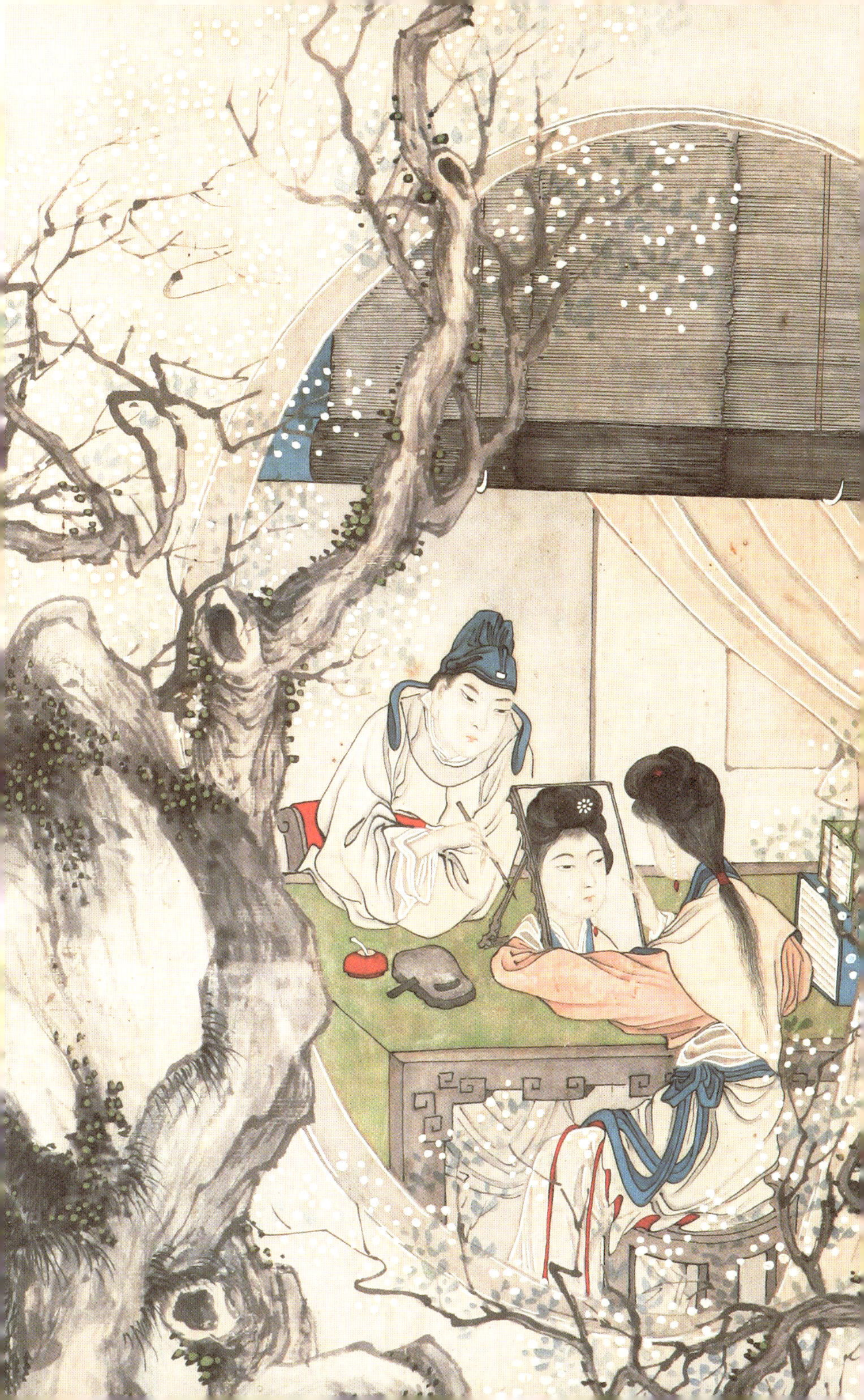

解析

这首诗每一章都用风雨和鸡鸣开头,这些写景之语正好和人物心情形成对照。在一片凄风苦雨中,群鸡骚动不安,而女子的内心却平静欢喜,因为在这个风雨交加的夜晚,她终于和心上人团聚。这是"以哀景写乐",即用哀伤沉郁的景物,去衬托快乐的事情。

与此相反,还有一种写法是"以乐景写哀",即用明亮快乐的景物,去衬托人内心的悲哀。比如:唐代杜甫有一句"花近高楼伤客心",春天万物复苏,明艳的花朵靠近诗人所住的高楼,诗人本应该感到高兴,但他遭遇了国家祸乱,流落他乡,看到美好的风景,更加衬托了人事的悲凉。

"以乐景写哀"也好,"以哀景写乐"也好,都是一种反衬。环境与人心形成对比,从而使得人的快乐或悲伤更加鲜明突出。

子衿

青青子衿[1],　　　青青的是你衣襟,
悠悠我心。　　　　忧思的是我内心。
纵我不往,　　　　纵使我不去看你,
子宁不嗣音[2]?　　你难道就不通信?
青青子佩[3],　　　青青的是你佩带,
悠悠我思。　　　　忧思的是我情怀。
纵我不往,　　　　纵使我不去看你,
子宁不来?　　　　你难道就不能来?
挑兮达兮[4],　　　独自走来又走去,
在城阙兮[5]。　　　城门两边观楼上。
一日不见,　　　　一天没有见到你,
如三月兮!　　　　如同隔了三月长!

注释

[1] 子衿(jīn):子,是男子的美称,相当于"你";衿,衣襟。
[2] 子宁(nìng)不嗣(sì)音:宁,难道;嗣音,保持音信。
[3] 佩:系佩玉的绶带。
[4] 挑兮达(tà)兮:独自走来走去的样子。
[5] 城阙(què):古代城门两旁的观楼。

解析

女子独自在城门旁走来走去,她焦急地等待那个人来,他却总是不来。女子看到青青的颜色,就想到那个人的青色衣襟和佩带,于是用诗歌描述自己的相思之心。

这首诗用"子衿"(衣襟)这个局部饰物,去代指一个人。这个修辞手法被称为"借代",在古代很常见。

自古以来,中国就对衣冠服饰很重视,甚至用衣冠服饰划分人群,标明身份。比如:古代平民百姓常穿白衣,"白丁""白身""白袍"等字眼,就可以代指那些没有官职的人。古代平民百姓穿不起锦绣,只能穿麻布衣服,所以"布衣"也可以代指平民。又比如:古代妇女穿着裙子,头上戴着珠钗首饰,"裙钗"便可以代指妇女。古代妇女头上裹着的头巾或发饰叫作"巾帼",所以"巾帼"也可以代指妇女。

出其东门

出其东门,　　　　　　　漫步出了城东门,
有女如云。　　　　　　　美女多如天上云。
虽则如云,　　　　　　　虽然多如天上云,
匪我思存❶。　　　　　　没我想念的那人。
缟衣綦巾❷,　　　　　　她穿白衣绿头巾,
聊乐我员❸。　　　　　　才能让我乐在心。
出其闉闍❹,　　　　　　漫步出了外城门,
有女如荼❺。　　　　　　美女如茅花缤纷。
虽则如荼,　　　　　　　虽然如茅花缤纷,
匪我思且❻。　　　　　　没我想念的那人。
缟衣茹藘❼,　　　　　　她穿白衣红蔽膝,
聊可与娱。　　　　　　　才能愉悦我的心。

注释

❶ 匪:非,不是。

❷ 缟(gǎo)衣綦(qí)巾:缟,白色;綦巾,暗绿色头巾。

❸ 员(yún):同"云",句末语助词。

❹ 闉闍(yīn dū):外城门。

⑤ 荼（tú）：茅草开的白花，用来形容女子众多。

⑥ 且（jū）：句末语助词。

⑦ 茹藘（rú lǘ）：可用作绛红色燃料的茜草，这里指绛红色的蔽膝。这里用服饰代指女子。

解析

郑国的春天，女子成群结队出游，远远望去，她们如同洁白的云朵，又如盛开的茅花，她们笑语盈盈，顾盼生姿，令观者心动神摇。男主人公看到这样的景象，自然也会被吸引，他发出由衷的赞叹。

但是，欣赏美和爱恋是两回事。男主人公虽然夸赞美女如云如荼般美丽，他心中所思念的，却始终是那个身穿白衣、上戴绿巾、下戴红蔽膝的女子。根据朱熹解释，这种穿着是当时贫贱女子的装束。男主人公对这名贫贱之女专一不二，面对盛装华服的美女也不动心，由此更显出感情的真挚和珍贵。

野有蔓草

野有蔓草❶，　　　　　　　郊野青草藤蔓长，
零露漙兮❷。　　　　　　　零落露珠圆又光。
有美一人，　　　　　　　　有位美人缓步来，
清扬婉兮❸。　　　　　　　婉丽身姿眉清扬。
邂逅相遇❹，　　　　　　　与她邂逅巧相遇，
适我愿兮❺。　　　　　　　钟情中意心儿忙。
野有蔓草，　　　　　　　　郊野青草藤蔓长，
零露瀼瀼❻。　　　　　　　露水莹莹多光芒。
有美一人，　　　　　　　　有位美人缓步来，
婉如清扬❼。　　　　　　　婉丽身姿眉清扬。
邂逅相遇，　　　　　　　　与她邂逅巧相遇，
与子偕臧❽。　　　　　　　你情我愿正相当。

注释

❶ 蔓：蔓延，滋长。

❷ 零：雨露降落。漙（tuán）：露珠圆润的样子。

❸ 清扬：眉目清秀。婉：婉丽。

❹ 邂逅：不期而遇。

⑤ 适：适合。
⑥ 瀼瀼（ráng）：露浓的样子。
⑦ 如：同"而"。
⑧ 臧：善。偕臧，你情我愿。

解析

　　清晨，踏着露水湿润的青草，主人公遇到了一位美丽的姑娘，爱情就像一阵清风一样自然地产生了。于是，他便咏唱出了这首语言朴素，却感情丰富的民歌小调。西方哲学家罗素曾经说过："有三种单纯然而又极其强烈的激情支配着我的一生，那就是：对于爱情的渴望，对于知识的追求，以及对于人类苦难痛彻肺腑的怜悯。"爱情是人类最伟大的一种情感，古今中外，有多少文学艺术是用来谱写爱情的，如果有人能够统计下来，那将是令人震惊的天文数字。我们的社会变得越来越复杂，人的感情似乎也失去了纯粹的光辉，可如果这个世界上连爱情也不再纯洁，也许人类就不再配得真诚之名。

溱洧

溱与洧❶,　　　　　　溱水洧水宽又长,
方涣涣兮❷。　　　　　浩浩荡荡任流淌。
士与女❸,　　　　　　男人女人相邀去,
方秉蕑兮❹。　　　　　手拿兰草求吉祥。
女曰:"观乎?"　　　　女子说:"那边看看怎么样?"
士曰:"既且❺。"　　　男子说:"我已去过那一趟。"
"且往观乎❻!　　　　"再去看看又何妨?
洧之外,　　　　　　　洧水外,
洵訏且乐❼。"　　　　真是宽阔又欢畅。"
维士与女❽,　　　　　男女结伴去玩耍,
伊其相谑❾,　　　　　互相调笑心花放,
赠之以勺药❿。　　　　赠送芍药两情长。
溱与洧,　　　　　　　溱水洧水宽又长,
浏其清矣⓫。　　　　　河水清亮好春光。
士与女,　　　　　　　男人女人相邀去,
殷其盈矣⓬。　　　　　成群结队任游赏。

女曰："观乎？"	女子说："那边看看怎么样？"
士曰："既且。"	男子说："我已去过那一趟。"
"且往观乎！	"再去看看又何妨？
洧之外，	洧水外，
洵訏且乐。"	真是宽阔又欢畅。"
维士与女，	男女结伴去玩耍，
伊其将谑❸，	互相戏谑喜洋洋，
赠之以勺药。	赠送芍药莫相忘。

注释

❶ 溱（zhēn）与洧（wěi）：郑国两条河名。

❷ 涣涣：水流盛大的样子。

❸ 士与女：春游的男女。

❹ 方：正。秉：执，拿。蕑（jiān）：菊科，香草名，二月宿根生苗成丛，紫茎素枝，赤节绿叶，叶对节生，有细齿，嫩时可接而佩之，以拔除不祥，八、九月渐老，高者三、四尺，开花成穗，如鸡苏花。

❺ 既：已经。且：同"徂"，去，往。

❻ 且：再。

❼ 訏（xū）：广大。

❽ 维：语助词。

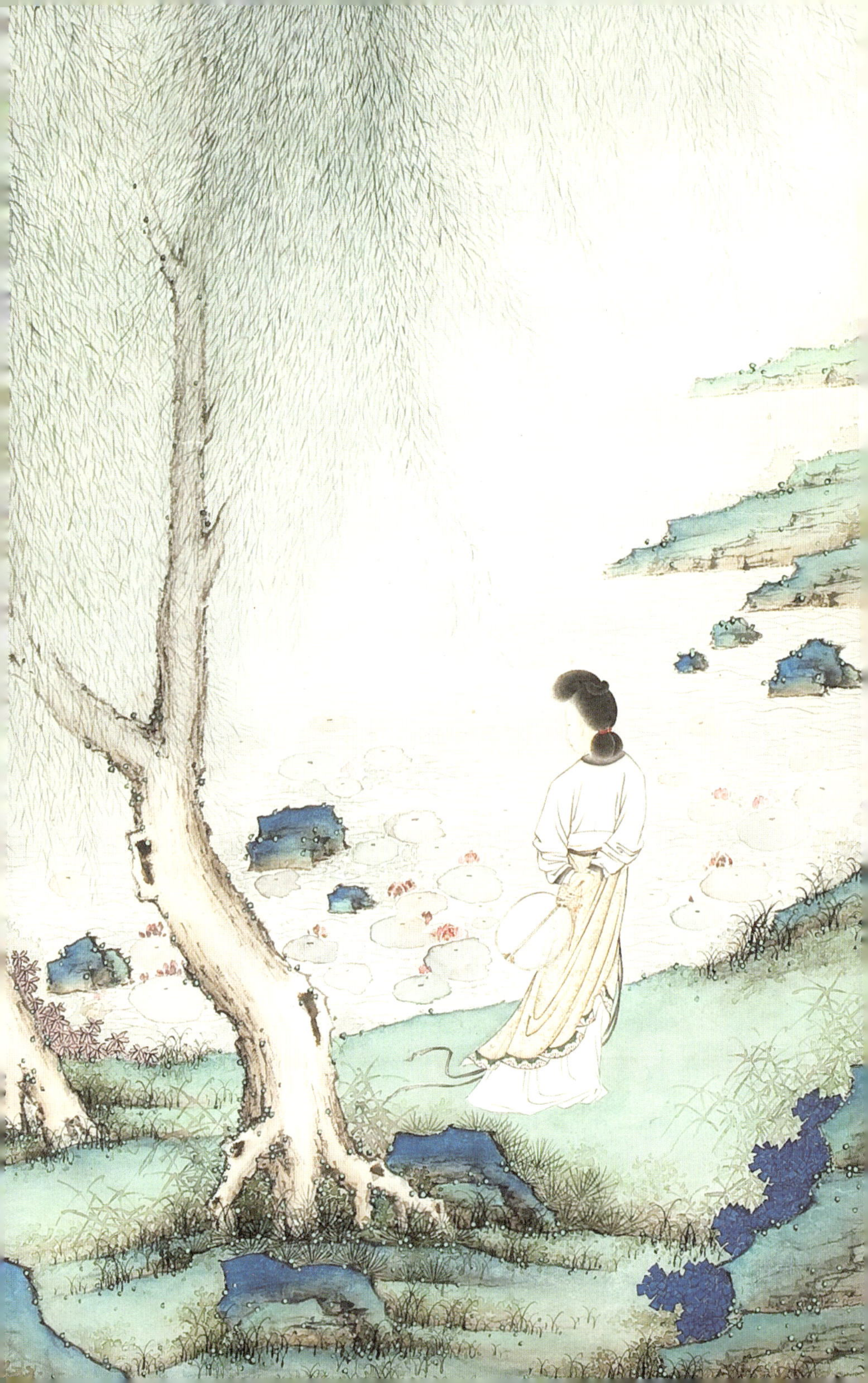

⑨ 伊：语助词。相谑：互相调笑。

⑩ 勺药：即"芍药"，这里指的是草芍药，不是现在花如牡丹的木芍药，古代常于离别时相赠。

⑪ 浏（liú）其：即浏浏，水流清澈的样子。

⑫ 殷其：即殷殷。殷，众多。盈：满。

⑬ 将谑：即相谑。

解析

中国古代有上巳节，就是每年三月三日。青年男女会到郊外踏青修禊，以拔除不祥、消灾驱邪。东晋王羲之写的《兰亭集序》，就是描写上巳节的情景。到了唐代，上巳节已经是全年的三大节日之一，杜甫所写的《丽人行》，开头两句便是"三月三日天气新，长安水边多丽人。"平时养在深闺的女子，在这一天可以出门尽情游玩。这一天男女相会也不会被禁止，因此上巳节又被认为是中国的情人节。

古人认为，香草有驱邪之功，于身体大有裨益，因此在那个美丽的春日早晨，男男女女身上都会佩戴香草或者手持兰花，到水边参加盛大的聚会，于是便有了这首描写节日春游、男女相会的欢快情歌。不过到宋代之后，因为上巳节、清明节和寒食节日期相近，内涵也冲突，就渐渐地销声匿迹了。如今只剩下清明节，但一些地方仍然保留着三月三消灾除凶的习俗。

这首诗描绘了一幅绝妙的古代风俗画,即便远隔千年,我们仍然能想象当时郑国百姓的生活。三月三日,天暖气清,男男女女的欢声笑语回荡在湖光山色。诗中刻意描写的男女对话场景,也像一段小小的插曲,让盛大的场面与细节都映在眼前,这段迤逦的风光使得诗歌摇曳多姿、妙趣横生。

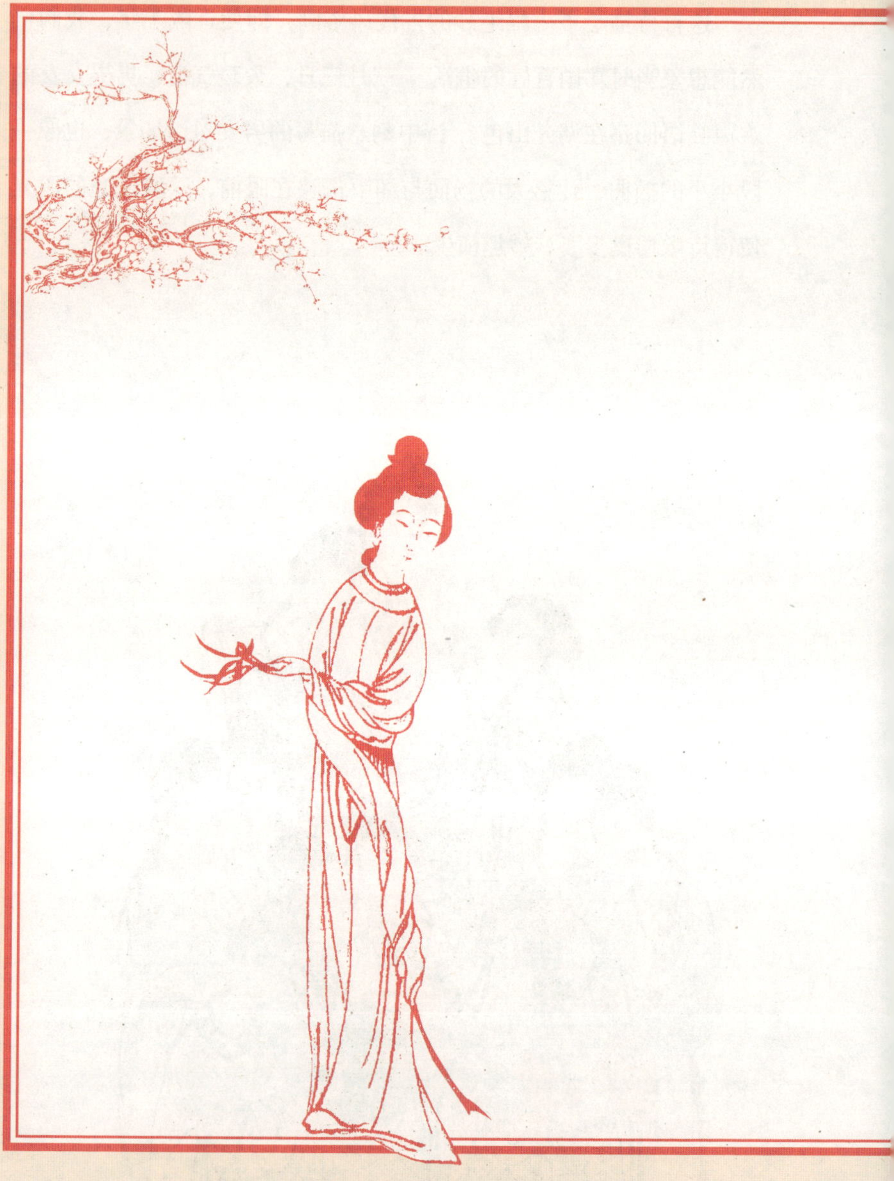

国风·齐风

齐风

　　『齐风』，先秦时期齐地的民歌，大约作于东周初年到春秋时期，共十一篇。西周建立后，姜尚被封在齐国，大约在今山东中部和东北部，以及河北一带。齐国地大物博，盛产鱼盐，民多归之，最终成为大国。『齐风』半数以上诗歌描写的是婚嫁与爱情，也有描写狩猎劳动的诗歌，还有少数讽刺与批判统治者的篇章。吴国季札善于听乐，曾赞美齐国音乐有大国之风。

鸡鸣

鸡既鸣矣，	你听公鸡已打鸣，
朝既盈矣❶。	朝堂已经人满廷。
匪鸡则鸣❷，	不是公鸡在鸣叫，
苍蝇之声。	那是苍蝇嗡嗡声。
东方明矣，	东方天已蒙蒙亮，
朝既昌矣❸。	朝会就要开始忙。
匪东方则明，	不是东方天色亮，
月出之光。	那是月出发光芒。
虫飞薨薨❹，	你听虫子嗡嗡飞，
甘与子同梦❺。	只愿和你入梦里。
会且归矣❻，	朝中就要散会啦，
无庶予子憎❼。	别惹他人讨厌你。

注释

❶ 朝（cháo）：朝廷。盈：满，指上朝的人到齐了。古代官员每天清晨朝见国君。

❷ 则：之。

❸ 昌：盛多的样子。

❹ 薨薨（hōng）：虫儿群飞声。

❺ 甘：乐，情愿。同梦：共枕同眠。

❻ 会：朝会。

❼ 无庶：即"庶无"的倒文。庶，庶几，表示期望的心情。予：与，使。子：你。憎：憎恶，讨厌。

解析

相比其他诗歌，这首诗构思巧妙，手法新颖，摆脱了歌谣风格，也没有任何抒情气氛，就用白描手法描写夫妻对答，好似一出小品，情景如在眼前。

《毛诗序》认为，这首诗主旨在于"思贤妃"。按照规定，国君在鸡鸣时分要起床视朝，卿大夫则要提前入朝侍君，而齐哀公怠慢朝政，且宫内又没有贤妃提出警戒，君子知道这种情况，无法明言，就作了此诗，陈述古代的贤妃贞女劝诫国君之道。

东方未明

东方未明,　　　　　　东方天色还没亮,
颠倒衣裳。　　　　　　上下衣裳乱穿起。
颠之倒之,　　　　　　衣作裤来裤当衣,
自公召之。　　　　　　公家召唤催人急。
东方未晞[1],　　　　　东方破晓露未干,
颠倒裳衣。　　　　　　上下衣裳乱穿起。
倒之颠之,　　　　　　裤作衣来衣当裤,
自公令之。　　　　　　公家号令催人急。
折柳樊圃[2],　　　　　折下柳条围篱笆,
狂夫瞿瞿[3]。　　　　　监工一旁瞪眼看。
不能辰夜[4],　　　　　不分白天与黑夜,
不夙则莫[5]。　　　　　从早到晚把活干。

注释

[1] 晞(xī):天刚亮。
[2] 樊圃(fán pǔ):樊是篱笆,圃是菜园,即有篱笆的菜园子。
[3] 狂夫瞿瞿(jù):狂夫,指监工;瞿瞿,瞪眼的样子。
[4] 辰夜:晨夜,指白天和黑夜。

❺ 不夙（sù）则莫（mù）：不是早晨就是晚上，无时无刻不在干活。夙，早上；莫，通"暮"，晚上。

解析

这首诗体现了劳动人民的艰辛，以及统治者的残酷剥削。天色还没亮，劳动者就被监工催促干活，此时睡眼惺忪，屋中黑暗不明，导致劳动者衣服裤子都穿反了，急成一团。劳动者从早到晚辛苦劳作，还要被监工凶神恶煞地呵斥，充满了疲惫和悲愤！《东方未明》实实在在地描述了受压迫的劳动者的心声。穿反了衣服和裤子，这件事情看似滑稽可笑，实际又透露着许多悲凉，主人公或许是哭笑不得地写下这件事情吧！

卢令

卢令令❶,　　　　　　　黑毛猎犬铃铛响,
其人美且仁。　　　　　猎人俊美又善良。
卢重环❷,　　　　　　　黑毛猎犬套双环,
其人美且鬈❸。　　　　猎人俊美又勇壮。
卢重鋂❹,　　　　　　　黑毛猎犬环套环,
其人美且偲❺。　　　　猎人俊美有才望。

注释

❶ 卢令令:卢,黑毛猎犬;令令,猎犬颈部套环发出的铃铃响声。
❷ 重(chóng)环:猎犬颈部大环套小环。
❸ 鬈(quán):勇壮。也有人认为是指头发好看。
❹ 重鋂(méi):大环套两个小环。
❺ 偲(cāi):多才多智。也有人认为是指须发多而美。

解析

　　打猎是古代农牧社会的常事,除了获取猎物外,还可以强身健体。在冷兵器时代,国家要拥有体魄强健的国民,才能兴旺强盛。因此,天子、国君都会定期进行打猎活动,人们也以勇武健壮为美。《诗经》中有不少夸赞猎人勇壮的诗歌,这是其中的一首。

国风·齐风

　　一个人只有强健的身体还不够，内在品德也非常重要。品德不端的人，长得再好也会被人唾弃。这首歌咏猎人的诗歌，不仅夸赞了猎人的外在英姿，还提及他的内在美德：仁、偲，内外兼修的人才会被众人认可。

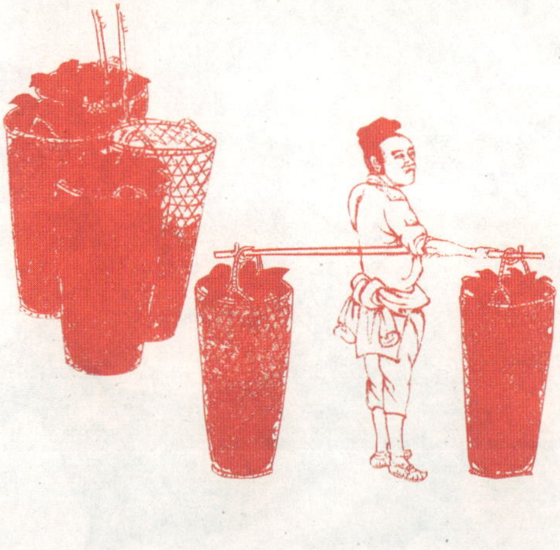

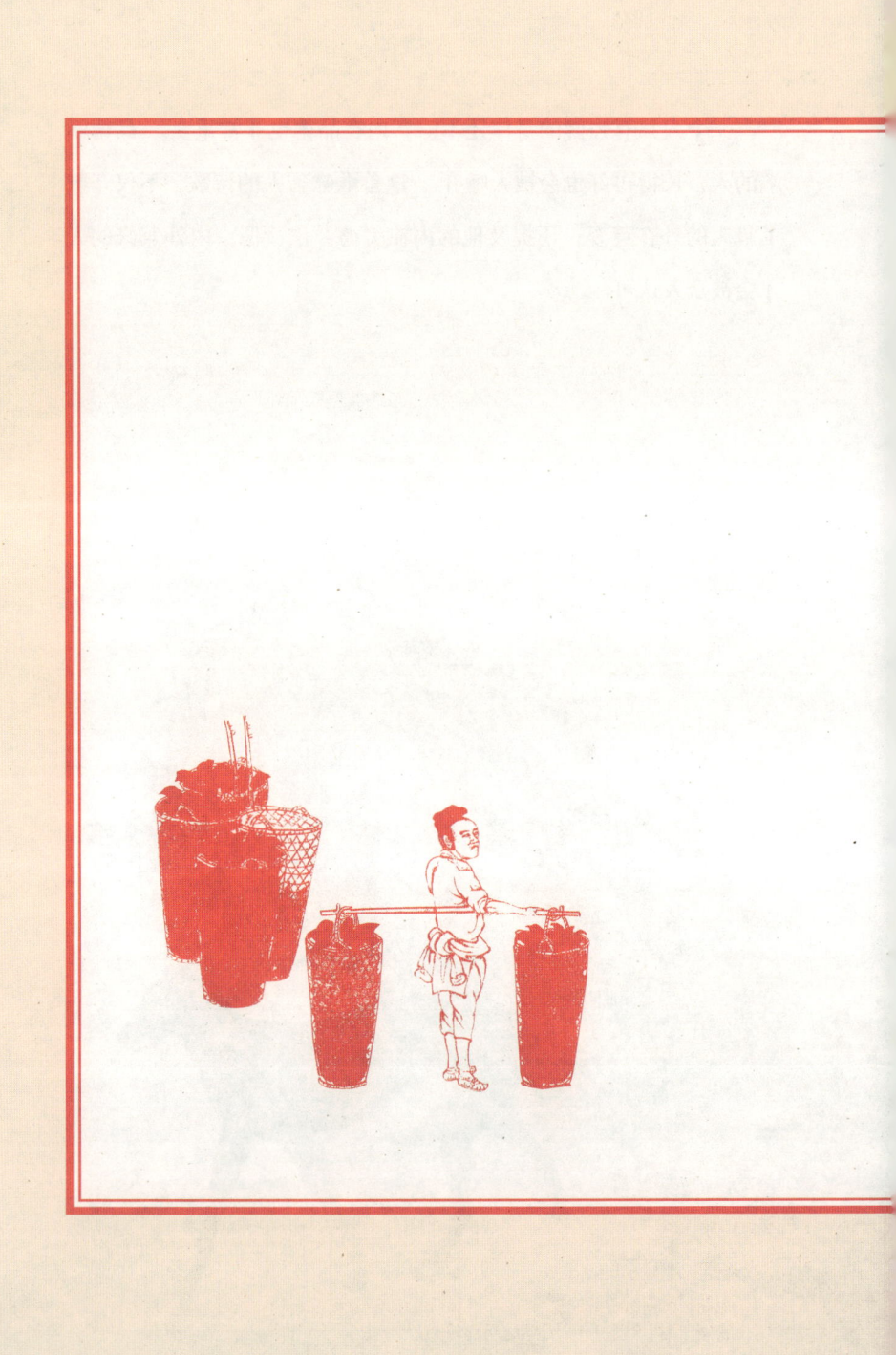

国风·魏风

魏风

『魏风』共七篇,是魏国境内的民歌。周朝初年,封同姓于魏,大约在今陕西省芮(ruì)城县东北,后被晋国所灭,所以『魏风』应是春秋前期的作品,内容多讽刺统治阶级。

陟岵

陟彼岵兮[1]，　　　　登上那草木繁茂的高山，
瞻望父兮[2]。　　　　向远方眺望父亲的身影。
父曰："嗟[3]！　　　　仿佛听到父亲说："唉！
予子行役[4]，　　　　我的儿子在外面服役，
夙夜无已[5]。　　　　从早到晚无休无止。
上慎旃哉[6]，　　　　望你保重自己的身体呀，
犹来！无止！[7]"　　　还是回来吧！不要停留在他乡！"
陟彼屺兮[8]，　　　　登上那草木光秃的高山，
瞻望母兮。　　　　　向远方眺望母亲的身影。
母曰："嗟！　　　　　仿佛听到母亲说："唉！
予季行役[9]，　　　　我的小儿在外面服役，
夙夜无寐[10]。　　　　从早到晚不得安眠。
上慎旃哉，　　　　　望你保重自己的身体呀，
犹来！无弃！"　　　　还是回来吧！不要抛弃在他乡！"
陟彼冈兮，　　　　　登上那高低起伏的山脊，
瞻望兄兮。　　　　　向远方眺望兄长的身影。

国风·魏风

兄曰:"嗟!	仿佛听到兄长说:"唉!
予弟行役,	我的弟弟在外面服役,
夙夜必偕⑪。	从早到晚和同伴一起。
上慎旃哉,	望你保重自己的身体呀,
犹来!无死!"	还是回来吧!不要累死在他乡!"

注释

❶ 陟(zhì):登上。岵(hù):有草木的山。

❷ 瞻:向前或往上看。

❸ 嗟(jiē):文言叹词。

❹ 予子行役:予子,我的儿子;行役:在外服役。

❺ 夙(sù)夜:早晚。

❻ 上慎旃(zhān)哉:上,通"尚",希望;慎,小心;旃,之,语助词;哉,表示感叹的语气词。

❼ 犹来:还是回来。

❽ 屺(qǐ):没有草木的山。

❾ 季:兄弟辈中排行第四,或是最小的儿子。

❿ 寐:睡觉。

⑪ 偕：一起。

解析

在战乱的年代，许多人为了国家而死，弃身在草莽之中，却没有在历史上留下名字。我们对他们的性情、喜好和经历一无所知。谁没有家人朋友？谁又愿意承受无休无止的苦役？这首《陟岵》，正是一名长期在外服役的人的悲歌，我们无法得知他是谁。他登上高山远望，想要望见自己的家乡和亲人，耳边仿佛响起家人的声声叮咛，他作诗高歌，是为了排遣心中忧闷，这首诗也正是万千征夫的无奈心声。

关于征夫，有这样一个故事：相传秦始皇修建长城时，有一个年轻人，名叫范喜良，他和孟姜女新婚不到三天，被征调去修筑长城。在长城脚下，征夫们没日没夜地劳作，许多人被活活累死，他们的尸骨被埋在长城墙下，范喜良就是其中之一。孟姜女盼不到丈夫归来，她穿着单薄的寒衣，历经千辛万苦，走到长城边寻找丈夫，却得知丈夫死亡的噩耗。她在长城上痛哭三天三夜，或许是真情感动了上天，长城忽然崩塌，露出范喜良的尸骨。孟姜女抱着范喜良的尸骨，投海而死。这就是著名的"孟姜女哭长城"的故事。

十亩之间

十亩之间兮[1],　　　　郊外大片的桑园间呀,
桑者闲闲兮[2],　　　　采桑的姑娘们多悠闲呀,
行与子还兮。　　　　　呼朋唤友一起把家还呀!
十亩之外兮,　　　　　郊外大片的桑园外呀,
桑者泄泄兮[3],　　　　采桑的姑娘们多愉快呀,
行与子逝兮[4]。　　　　说说笑笑一起回家来呀!

注释

[1] 十亩(mǔ):形容场圃很大。

[2] 桑者闲闲:桑者,采桑的人;闲闲,悠闲的样子。

[3] 泄泄(yì):和乐的样子。

[4] 逝:往,返回。

解析

　　这首诗每一句都用语气词"兮"拖长语调，使节奏变得舒缓平和。我们仿佛看到夕阳西下，郊外的桑园中，勤劳乐观的姑娘们结束了一天的劳作，呼朋唤友、成群结队地唱着歌儿回家。这是一幅闲适清新的桑林晚归图。姑娘们只有回家的愉悦兴奋，而没有隐忧与沉痛。一首普通的生活曲调，体现了魏国简朴的民风。

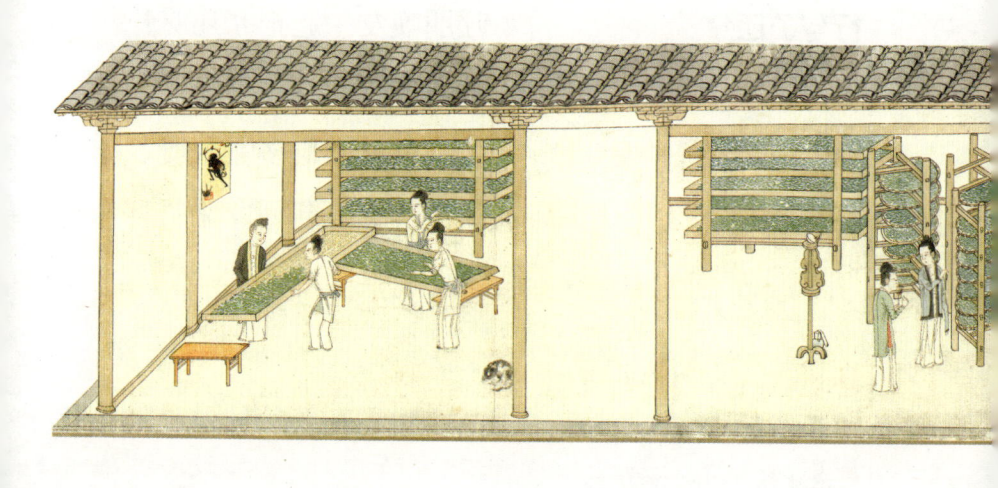

伐檀

坎坎伐檀兮❶, 　　砍伐檀树声坎坎啊,
置之河之干兮❷。　　放在那河水岸边啊。
河水清且涟猗❸。　　河水清澈而有波澜哟。
不稼不穑❹,　　　　既不播种也不打猎,
胡取禾三百廛兮❺?　 为何获得禾稻三百缠啊?
不狩不猎❻,　　　　既不冬猎也不夜猎,
胡瞻尔庭有县貆兮❼?　为何庭中能悬挂猪獾啊?

注释

❶ 坎坎(kǎn):砍伐树木的声音。伐檀(tán):砍伐檀树。檀,树木名。

❷ 置之河之干兮:置,放置;河之干,河水岸边。这句是说砍伐的檀木放在河岸边。

❸ 涟(lián)猗(yī):涟,波澜;猗,语气词,同"兮"。

❹ 不稼(jià)不穑(sè):稼,播种;穑,收获。这句是说既不播种也不收获。

❺ 廛(chán):通"缠",古代的度量单位,"一廛"相当于"一束"。

❻ 不狩(shòu)不猎:狩,冬季打猎;猎,夜里打猎。

❼ 瞻(zhān):看。尔庭:你的庭院。县(xuán)貆(huán):县,通"悬",悬挂;貆,猪獾,一种猎物。

彼君子兮，不素餐兮❽！　　　那些大人君子们啊，
　　　　　　　　　　　　　　可不要来白吃饭啊！
坎坎伐辐❾兮，　　　　　　　砍伐树木做车辐啊，
置之河之侧兮。　　　　　　　放在那河水侧边啊。
河水清且直猗❿。　　　　　　河水清澈水波舒展哟。
不稼不穑，　　　　　　　　　既不播种也不打猎，
胡取禾三百亿⓫兮？　　　　　为何获得禾稻三百束啊？
不狩不猎，　　　　　　　　　既不冬猎也不夜猎，
胡瞻尔庭有县特⓬兮？　　　　为何庭中能悬挂大兽啊？
彼君子兮，不素食兮！　　　　那些大人君子们啊，
　　　　　　　　　　　　　　可不要来吃闲饭啊！

注释

❽ 素餐：不做事而白吃饭。
❾ 辐：古代车轮中间的直木，这里指砍树制作车辐。
❿ 直猗：水流的直波。
⓫ 亿：指禾把的数目。或说通"束"，三百亿即三百束。
⓬ 特：指三岁的大兽，也有说四岁的。

坎坎伐轮[13]兮,
置之河之漘[14]兮。
河水清且沦猗[15]。
不稼不穑,
胡取禾三百囷[16]兮?
不狩不猎,
胡瞻尔庭有县鹑[17]兮?
彼君子兮,不素飧[18]兮!

砍伐树木做车轮啊,
放在那河水旁边啊。
河水清澈泛起波纹哟。
既不播种也不打猎,
为何禾稻塞满了粮仓啊?
既不冬猎也不夜猎,
为何庭中能悬挂鹌鹑啊?
那些大人君子们啊,
可不要来吃闲饭啊!

注释

[13] 轮:车轮,此处指砍树做车轮。
[14] 漘(chún):水边。
[15] 沦猗:微波,小波纹。
[16] 囷(qūn):古代一种圆形粮仓。
[17] 鹑(chún):鹌鹑。
[18] 飧(sūn):晚饭。

解析

　　劳动者辛苦地将檀树砍下，放置在河水岸边。诗人看着河流清澈，风生波澜，不由得有所感慨。百姓身负繁重的任务，无休无止地劳作，而那些高高在上的官僚们呢？他们既不参与播种，也不参与收割，甚至没有出门打猎，他们家里却堆满了粮食和猎物，为什么？因为他们是靠剥夺而生存。于是诗人发出呼吁："你们这些高高在上的君子啊，可不要白吃饭啊！"

　　我们现在所说的"君子"，是指道德高尚的人；"小人"是指品德低下的人。但是，在先秦时期，"君子"是指"君王之子"，强调地位的崇高；"小人"多指"小民"，即平民百姓。诗人是在讽刺统治阶级白吃饭不干活，认为不劳而获是可耻的！

硕鼠

硕鼠硕鼠❶，　　　　　　大老鼠啊大老鼠，
无食我黍❷！　　　　　　不要来吃我米黍。
三岁贯女❸，　　　　　　多年侍奉养着你，
莫我肯顾。　　　　　　　从不肯将我照顾。
逝将去女❹，　　　　　　发誓一定离开你，
适彼乐土❺。　　　　　　去那安乐的国土。
乐土乐土，　　　　　　　去乐土啊去乐土，
爰得我所❻。　　　　　　那儿才是我住处。
硕鼠硕鼠，　　　　　　　大老鼠啊大老鼠，
无食我麦！　　　　　　　不要来吃我麦粒！
三岁贯女，　　　　　　　多年侍奉养着你，
莫我肯德❼。　　　　　　从不肯把我感激。
逝将去女，　　　　　　　发誓一定离开你，
适彼乐国。　　　　　　　去那安乐的国地。
乐国乐国，　　　　　　　去乐国啊去乐国，
爰得我直❽！　　　　　　那儿才有我价值！

硕鼠硕鼠，　　　　　大老鼠啊大老鼠，
无食我苗！　　　　　不要来吃我青苗！
三岁贯女，　　　　　多年侍奉养着你，
莫我肯劳⁹。　　　　　从不肯对我慰劳。
逝将去女，　　　　　发誓一定离开你，
适彼乐郊¹⁰。　　　　去那安乐的国郊。
乐郊乐郊，　　　　　去乐郊啊去乐郊，
谁之永号¹¹！　　　　谁会永远长悲号！

注释

❶ 硕（shuò）鼠：硕大的老鼠，也有人说是田鼠。

❷ 黍（shǔ）：谷物的一种，也叫黄米。

❸ 三岁贯女（rǔ）：三岁，表示多年；"贯"借作"宦"，侍奉；女，即"汝"，你。

❹ 逝：通"誓"，发誓。

❺ 适：到。乐土：安乐的地方。

❻ 爰（yuán）：于是，在此。

❼ 德：感激。

❽ 直：同"值"，价值。

❾ 劳：慰劳。

❿ 乐郊：快乐的郊野。

⑪ 号（háo）：长叹，叫苦。

解 析

　　肥大的老鼠喜欢偷窃食物，遭到百姓的憎恨。这当然不是单纯地骂老鼠，而是将老鼠比喻成贪婪的统治者。百姓辛苦劳动，收获的粮食却用来奉养这只"大老鼠"，这只"大老鼠"没有一点儿报答，只是无穷无尽地剥削。于是，人们发出呼喊："一定要离开你，去那安乐的国土！"可是普天之下，哪里有真正的"乐土"呢？

　　中国古代文人都喜欢"隐居"，这是文人对污浊社会的躲避，也是寻找心中"乐土"的方式。晋代陶渊明在《桃花源记》里提到：捕鱼人不小心误入桃林，找到一个"世外桃源"。桃源里的人们，都是秦末为躲避战乱而逃来的。他们男耕女织，自给自足，没有剥削和压迫，甚至不知道外界的朝代更替。那是一个快乐富足的世界，也是作者虚构的世界。真正的"乐土"，或许只存在于每个人的心中吧！

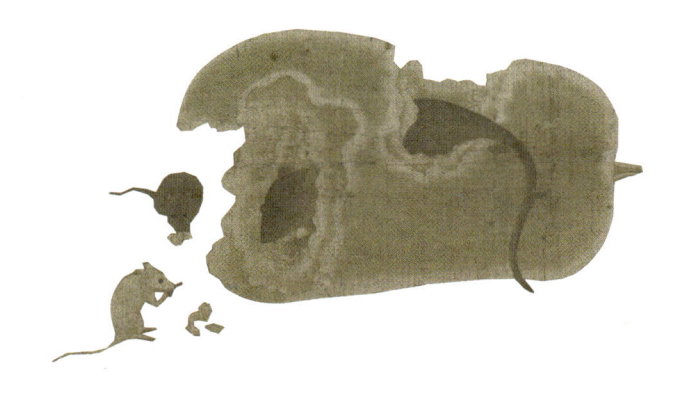

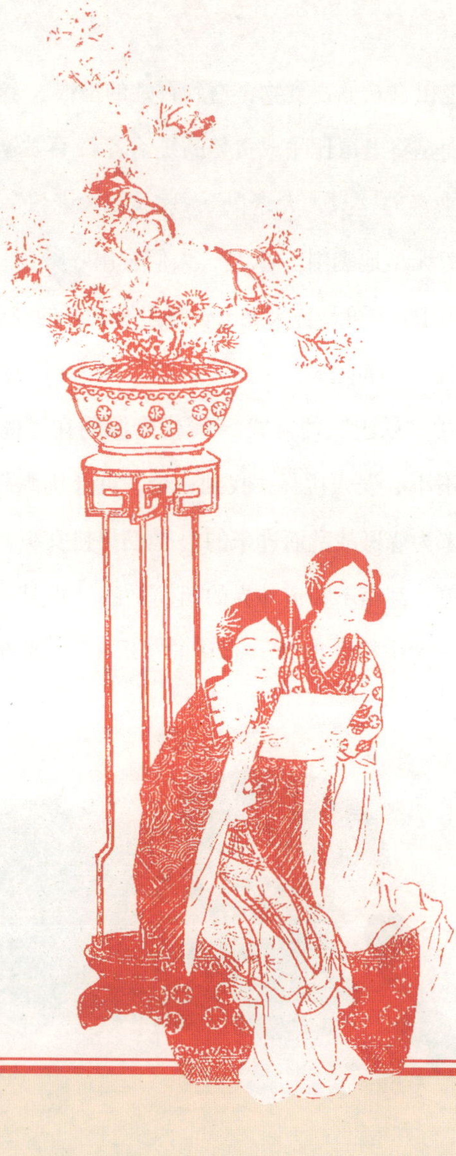

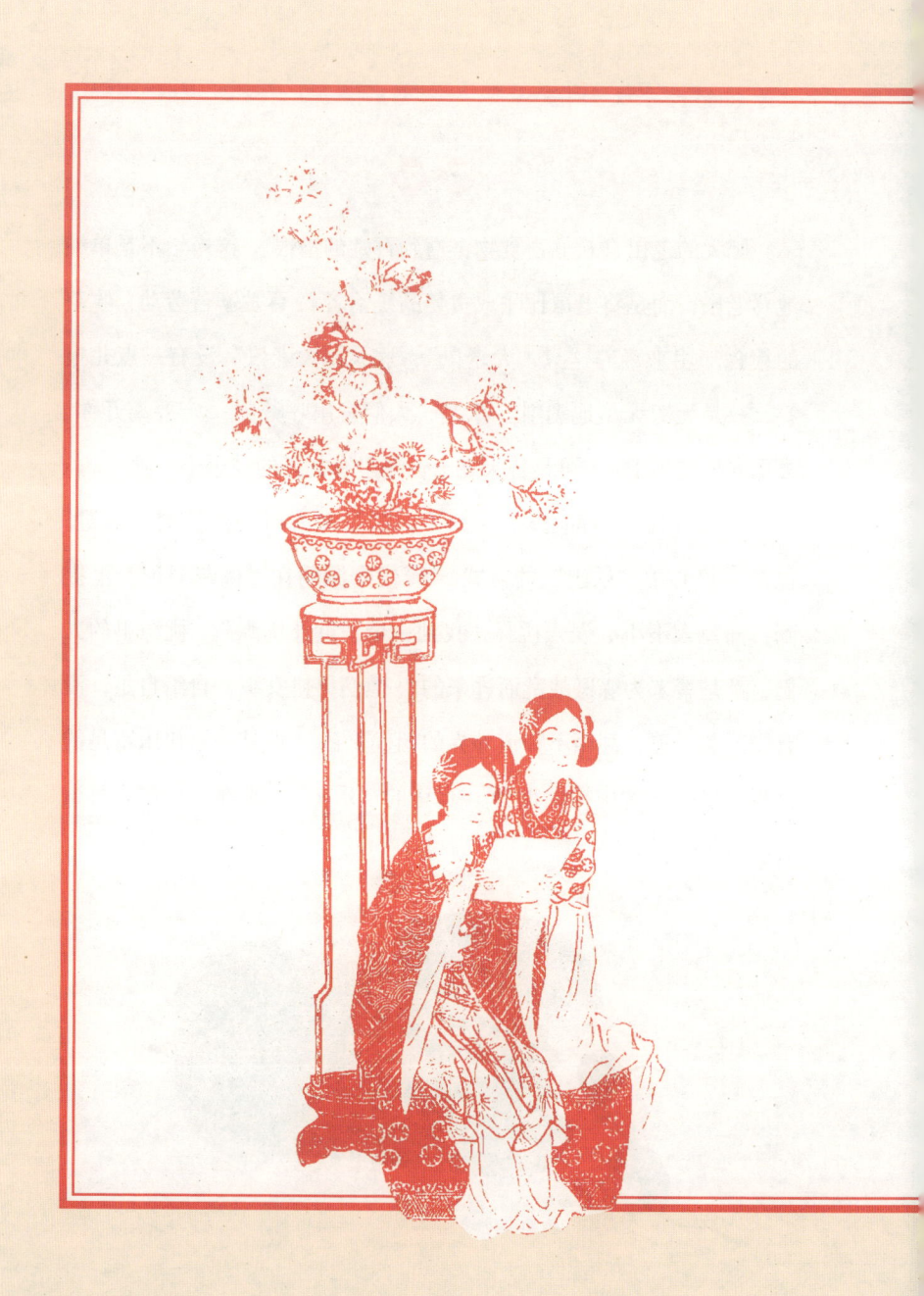

国风·唐风

唐风

『唐风』共十二篇,是先秦时唐地的民歌。周成王灭古唐国后,将其弟叔虞封于古唐国故土。后改国名为晋,所以『唐风』为晋地民歌,约在山西太原一带。公元前505年,唐国曾与吴国、蔡国一起击败楚国,后被楚国所灭。朱熹认为,唐地土壤贫瘠,人民贫困,但是勤俭质朴,忧深思远,有尧之遗风,之所以叫『唐』而不称『晋』,是依照其所封的旧号而命名。

蟋蟀

蟋蟀在堂❶,　　　　　　天凉蟋蟀进堂屋,
岁聿其莫❷。　　　　　　时间一下到岁暮。
今我不乐,　　　　　　　现在我不去行乐,
日月其除❸。　　　　　　日月匆匆转眼过。
无已大康❹,　　　　　　享乐不要太过度,
职思其居❺。　　　　　　还得想想我职务。
好乐无荒,　　　　　　　娱乐不废正经事,
良士瞿瞿❻。　　　　　　贤良之人多警悟。

注释

❶ 蟋蟀(xī shuài):一种昆虫,又名蛐蛐,夜间常在草丛中鸣叫。蟋蟀进了屋子,说明外面天气寒冷。

❷ 岁聿(yù)其莫:一年又到了岁尾。聿,语助词;莫,古"暮"字。

❸ 除:过去。

❹ 无已大(tài)康:无,勿;已,甚;大(tài)康,过于享乐。

❺ 职思其居:职,相当于口语"得";居,所处的位置。

❻ 瞿瞿(jù):警惕的样子。

国风·唐风

蟋蟀在堂，　　　　　　　天凉蟋蟀进堂屋，
岁聿其逝。　　　　　　　年月一下就过完。
今我不乐，　　　　　　　现在我不去行乐，
日月其迈❼。　　　　　　光阴匆匆不复还。
无已大康，　　　　　　　享乐不要太过度，
职思其外❽。　　　　　　职务之外也要看。
好乐无荒，　　　　　　　娱乐不废正经事，
良士蹶蹶❾。　　　　　　勤快敏捷是模范。
蟋蟀在堂，　　　　　　　天凉蟋蟀进堂屋，
役车其休❿。　　　　　　服役之人将回转。
今我不乐，　　　　　　　现在我不去行乐，
日月其慆⓫。　　　　　　时间匆匆不再返。
无已大康，　　　　　　　享乐不要太过度，
职思其忧⓬。　　　　　　忧国忧民多照管。
好乐无荒，　　　　　　　娱乐不废正经事，
良士休休⓭。　　　　　　良士悠闲国家安。

注释

7. 迈：逝去。
8. 职思其外：想想自己职务之外的事。
9. 蹶蹶（jué）：动作敏捷的样子。
10. 役车其休：服役的车子将要休息。指到了年关，服役的人应当回家。
11. 慆（tāo）：过。
12. 职思其忧：想想最可忧心的事情。
13. 休休：安闲自得。

解析

蟋蟀进了堂屋，天气转凉，一年又到了末尾，诗人感慨时光飞逝。在短暂的生命中，如果不找点愉悦身心的事情，就显得毫无乐趣。但是娱乐不能过度，一味贪图享乐，荒废正事，这一生也是虚度。不管我们是哪个职业，处于什么地位，都有属于自己的正事。闲暇之余的娱乐，只能做调剂，不能占据生活的全部。

相传商纣王生活奢侈，他建造了许多华丽的宫室。他曾经在沙丘平台灌满美酒，如同池塘一般，号称"酒池"，又将各类动物的肉悬挂起来，远远看去如同树林一般，号称"肉林"。商纣王没日没夜地饮酒取乐，不问政事，导致国家日益衰落，最终被周武王灭掉。可见，过分沉迷娱乐、不务正业的行为是不可取的！

与之相反，春秋时，郑简公手下聚集了一批贤人。有一次，郑国接待一名使者，宾主交谈很是欢洽。使者想看看郑国的人才情

况，就对郑简公说："这几位大夫跟从您出来招待我，我请求他们各赋一首诗，看看他们的志向如何？"于是，郑国各位大夫都赋了一首诗。其中有一个大夫叫印段，他赋的就是《蟋蟀》这首诗。赵文子听完印段的诗，就知道印段是想借此督促在座的各位，不要为了一时娱乐而荒废正事。赵文子夸赞说："真好啊！这是能保住家国的人，我有希望了！印段欢乐而有节制，欢乐可以用来安定百姓，有节制就能很好地办事，印段的家族能得长久，不是应该的吗？"

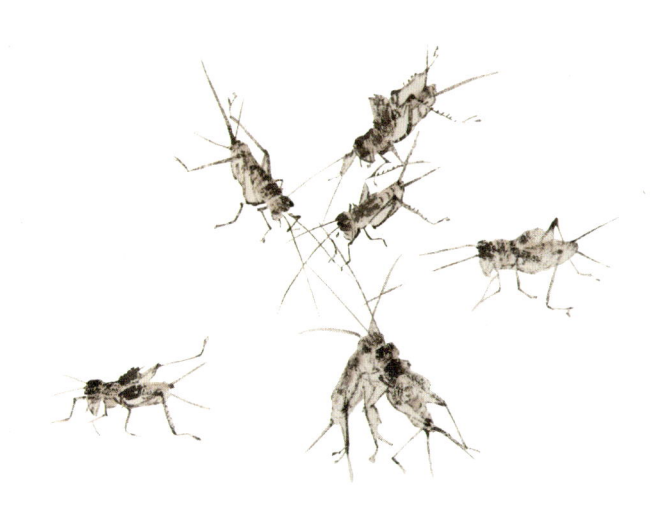

山有枢

山有枢,	高高山上有枢树,
隰有榆❶。	低湿洼地有榆树。
子有衣裳,	您有上衣和下裳,
弗曳弗娄❷。	不穿不戴只爱护。
子有车马,	您有车子又有马,
弗驰弗驱❸。	不乘不骑多无趣。
宛其死矣❹,	若您不幸离人世,
他人是愉。	他人享受真欢愉。

注释

❶ 山有枢（shū），隰（xí）有榆：枢、榆，都是树木名字。这句是说树木生长在它该生长的地方，这是《诗经》中常见的"起兴"手法。

❷ 弗曳（yè）弗娄（lǚ）：弗，不；曳，拖；娄，即"搂"，用手把衣服拢着提起来。"曳"和"娄"都是穿衣服的状态，不曳不娄是说衣服放着不穿。

❸ 弗驰弗驱：驰，（使车马等）跑得很快；驱，赶（牲口）走。这句是说放着车马不用。

❹ 宛：通"菀"，枯萎死亡的样子。

山有栲,　　　　　　　　　高高山上栲树长,
隰有杻❺。　　　　　　　　低湿洼地杻树香。
子有廷内,　　　　　　　　您有庭院和房屋,
弗洒弗扫。　　　　　　　　不去打扫空荡荡。
子有钟鼓,　　　　　　　　您有大钟又有鼓,
弗鼓弗考❻。　　　　　　　不敲不打没声响。
宛其死矣,　　　　　　　　若您不幸离人世,
他人是保❼。　　　　　　　他人占有真欢畅。
山有漆,　　　　　　　　　高高山上漆树壮,
隰有栗。　　　　　　　　　低湿洼地栗树旺。
子有酒食,　　　　　　　　您有好酒和好菜,
何不日鼓瑟?　　　　　　　何不每日奏乐来宴享?
且以喜乐,　　　　　　　　姑且用它来寻乐,
且以永日❽。　　　　　　　姑且用它度时光。
宛其死矣,　　　　　　　　若您不幸离人世,
他人入室。　　　　　　　　他人就要进你房。

注释

⑤ 山有栲（kǎo），隰有杻（niǔ）：栲，一种高大乔木；杻，梓一类的树，也有说是菩提树。

⑥ 考：敲击。

⑦ 保：占有。

⑧ 永日：指用娱乐来延长岁月。

解析

《山有枢》是劝人要物尽其用，不要吝啬小气。诗人看到自己的朋友拥有财富，却不及时享受，感到不平。诗人殷切地劝告朋友，说："您有美丽的衣服却不舍得穿，有华贵的车马却不舍得用，等您死了之后，这些都归了他人所有啊！"

国风·唐风

　　法国作家莫里哀有一篇小说叫《吝啬鬼》，里面刻画了一个极度小气的人物形象，这个人名叫阿巴贡。阿巴贡吝啬到什么程度呢？他爱财如命，对仆人极度苛刻，连自己的儿女也不放过，他不顾儿女的幸福，一定要儿子娶有钱的寡妇，要女儿嫁给有钱的老爷。他甚至连自己也不放过，为了节省食物，经常饿着肚子上床睡觉，半夜饿醒时，就去马棚里偷吃荞麦。

　　节俭是一种美德，不肆意挥霍财富是值得肯定的。但过分节俭，甚至宁可将东西闲置也不舍得用，这就不对了。像阿巴贡这样的吝啬鬼，即便家中堆满了黄金，又有什么意义呢？做到"物尽其用"，物品才有它的意义。

绸缪

绸缪束薪❶,　　　　　　紧紧缠绕一捆柴,
三星在天❷。　　　　　　三星高高在天上。
今夕何夕,　　　　　　　今夜什么好日子,
见此良人❸?　　　　　　遇见这个好新郎?
子兮子兮❹,　　　　　　你呀你呀我问你,
如此良人何❺?　　　　　想拿新郎怎么样?
绸缪束刍,　　　　　　　紧紧缠绕那青草,
三星在隅❻。　　　　　　三星移到东南角。
今夕何夕,　　　　　　　今夜什么好日子,
见此邂逅❼?　　　　　　得见这人在怀抱。
子兮子兮,　　　　　　　你呀你呀我问你,
如此邂逅何?　　　　　　想拿对方怎么样?
绸缪束楚,　　　　　　　紧紧缠绕那荆条,
三星在户❽。　　　　　　三星移动照到门。
今夕何夕,　　　　　　　今夜什么好日子,
见此粲者❾?　　　　　　得以见到这美人。

国风·唐风

子兮子兮，
如此粲者何？

你呀你呀我问你，
想拿美人怎么样？

注释

① 绸缪（chóu móu）：紧密缠绕。束薪：一捆捆的柴草。束薪、束刍、束楚，都是一个意思，在古代象征着结婚。

② 三星：三是虚数，非实指。这里代指结婚之夜。天空中明亮而接近的三星，有参宿三星、心宿三星、河鼓三星。据近人研究，《绸缪》首章："绸缪束薪，三星在天"，指参宿三星；二章"绸缪束刍，三星在隅"，指心宿三星；末章"绸缪束楚，三星在户"，指河鼓三星。

③ 良人：古代妇女称夫为良人。

④ 子兮：你呀。此为嗟叹之词。

⑤ 如……何：把……怎么样。

⑥ 隅：指天的东南边。

⑦ 邂逅：本义是遇见、会合的意思，这里代指"爱人"。

⑧ 户：窗户。窗户一般开向南边，这里指南方天空。

⑨ 粲者：美人。

解析

本诗以"束薪""束刍""束楚"起兴，这些字眼一般都与婚嫁有关。这是一首描写新婚场景的诗，它向我们展现了当时的婚礼习俗。古代"婚礼"是在黄昏时迎亲，即"昏夜成礼"，所以"婚"是女字旁加一个"昏"。"三星在天"，参星于黄昏后出现在东方天

空，表明婚礼举行的时间是傍晚。后面两章中的"在隅""在户"是以三星移动表示时间推移，"三星在隅"表示夜已久矣，"三星在户"则指到了夜半。

诗中写新郎在夜里看到美丽的新娘，喜不自胜，恍如在梦中，不知今夕何夕，更不知该怎么办才好。这首诗也许是闹洞房的人所作，诗人在描写良辰美景之后，又带着风趣调侃的语气，用一问一叹，"子兮子兮，如此良人何"，将这种惊喜之情惟妙惟肖地表达出来。虽是平凡简淡的语言，却有无限的缠绵光景。

鸨羽

肃肃鸨羽❶，	鸨鸟扇翅呼呼响，
集于苞栩❷。	纷纷丛集栎树上。
王事靡盬❸，	王家差事忙不尽，
不能艺稷黍❹，	不能种植黍与粱。
父母何怙❺？	父母生活依靠谁？
悠悠苍天！	忧愁思虑问上苍！
曷其有所❻？	何时安居不离乡？
肃肃鸨翼，	鸨鸟扇翅呼呼响，
集于苞棘❼。	纷纷落在酸枣上。
王事靡盬，	王家差事忙不停，
不能艺黍稷，	黍稷不能种田场，
父母何食？	父母饭食从哪来？
悠悠苍天！	忧愁思虑问上苍！
曷其有极❽？	何时穷尽这悲伤？
肃肃鸨行❾，	鸨鸟呼呼飞成行，
集于苞桑。	纷纷落向桑树上。

王事靡盬，　　　　　　　王家差事忙不休，
不能艺稻粱，　　　　　　不能种上稻与粱，
父母何尝？　　　　　　　父母口中能吃啥？
悠悠苍天！　　　　　　　忧愁思虑问上苍！
曷其有常⑩？　　　　　　何时生活能如常？

注释

① 肃肃：鸟扇动翅膀的声音。鸨（bǎo）：像大雁的一种鸟，常栖居在草原地带，擅长奔驰。

② 集：栖居。苞：草木丛杂。栩（xǔ）：栎树。

③ 靡：没有。盬（gǔ）：止息。

④ 艺：种植。

⑤ 怙（hù）：恃，依靠。

⑥ 曷：同"何"。所：安居之所。

⑦ 棘：酸枣树。

⑧ 极：尽头。

⑨ 鸨行：鸨鸟飞行的行列。

⑩ 常：正常。

解析

这是一首服役人的哀歌。眼见形貌酷似大雁的鸨鸟回巢，这个远离家乡，在边疆服役的人触景生情，感叹自己废弃农事，无法养

活父母,连连哀叹,这样的苦日子什么时候才能有尽头呢?读来让人声泪俱下。

在古代民间,百姓的生活是极为悲苦的。地主们占有大量的土地,人们以佃农的身份依附于土地,长期的不平等造成"四海有闲田,农夫犹饿死""朱门酒肉臭,路有冻死骨"的悲惨局面。

葛生

葛生蒙楚❶, 　　　　　葛藤生长绕荆棘,
蔹蔓于野❷。 　　　　蔹草蔓延荒野路。
予美亡此❸, 　　　　　我妻美丽亡在此,
谁与独处❹! 　　　　　谁人伴我共居处!
葛生蒙棘, 　　　　　　葛藤生长绕酸枣,
蔹蔓于域❺。 　　　　蔹草蔓延在坟前。
予美亡此, 　　　　　　我妻美丽亡在此,
谁与独息! 　　　　　　谁人伴我共枕眠!
角枕粲兮❻, 　　　　角枕闪闪多绚烂,
锦衾烂兮❼。 　　　　锦绣被褥多辉煌。
予美亡此, 　　　　　　我妻美丽亡在此,
谁与独旦❽! 　　　　谁人伴我到天亮!
夏之日, 　　　　　　　夏日白昼相思苦,
冬之夜。 　　　　　　　冬季长夜恨难诉。
百岁之后❾, 　　　　但愿百年我死后,
归于其居❿! 　　　　与你同归这坟墓!

国风·唐风

冬之夜,	冬日长夜相思苦,
夏之日。	夏日白昼恨难诉。
百岁之后,	但愿百年我死后,
归于其室!	你我墓穴再共处!

注释

❶ 葛:茎蔓生草本植物,根块富含淀粉,可食用。茎皮可制作葛布。蒙:滋长覆盖。楚:荆棘。

❷ 蔹(liǎn):草名,也属蔓生植物。蔓:蔓延。

❸ 予美:我的美人,我的爱人。这里是丈夫对亡妻的爱称。

❹ 谁与:谁与我。

❺ 域:地区,这里是亡妻的墓地。

❻ 角枕:用兽角做装饰的枕头,亡妻所用。粲:同"灿",华美鲜明的样子。

❼ 锦衾:用锦做的被子。烂,灿烂夺目。

❽ 旦:天亮,这里意为:谁与我相伴到天明。

❾ 百岁之后:指死后,这里是指诗人死后。

❿ 居:这里"居"和最后一句的"室"均指亡妻的坟墓。

解析

这首诗和《绿衣》一样,也是一首悼亡诗,字里行间处处散发着诗人对亡妻的思念。人间有情,天不作美,实在让人感慨万千,所以世人要珍惜彼此在一起的日子。

如果循着这类诗的特点读下去，大家会读到诸多有名的诗句，如晋潘岳的"望庐思其人，入室想所历"。唐代元稹的"曾经沧海难为水，除却巫山不是云"。宋代苏轼的"料得年年断肠处，明月夜，短松岗"。贺铸的"空床卧听南窗雨，谁复挑灯夜补衣？"清代纳兰性德的"只向从前悔薄情，凭仗丹青重省识，盈盈，一片伤心画不成"。正如这篇《葛生》的深痛伤感一样，这些凄婉动人的诗词，皆是诗人、词人悼亡自己的亡妻所作。

国风·秦风

秦风

　　『秦风』共十篇，大都是东周时期的民歌。秦本是周的附庸，因护送周平王东迁有功被列为诸侯，被封在秦地（甘肃天水一带）。秦地多林木，又与戎狄逼近，不得不修习战备，崇尚武力，以射猎为先。因此『秦风』中有一种少见的尚武精神和慷慨悲壮的情调。

蒹葭

蒹葭苍苍①,　　　　　　　水中芦苇色苍苍,
白露为霜。　　　　　　　秋深白露变成霜。
所谓伊人②,　　　　　　　我所思念那美人,
在水一方③。　　　　　　　在那河水另一方。
溯洄从之④,　　　　　　　逆着水流去找她,
道阻且长⑤。　　　　　　　道路险阻又漫长。
溯游从之⑥,　　　　　　　顺着水流去找她,
宛在水中央⑦。　　　　　　好像就在水中央。
蒹葭凄凄,　　　　　　　　茂密芦苇满河滩,
白露未晞⑧。　　　　　　　早晨白露还没干。
所谓伊人,　　　　　　　　我所思念那美人,
在水之湄⑨。　　　　　　　在那河流青岸边。
溯洄从之,　　　　　　　　逆着水流去找她,
道阻且跻。　　　　　　　　道路险阻地势难。
溯游从之,　　　　　　　　顺着水流去找她,
宛在水中坻⑩。　　　　　　好像就在水岛间。

国风·秦风

蒹葭采采[11],　　　芦苇芦苇密又稠,
白露未已[12]。　　　路上白露没干透。
所谓伊人,　　　　我所思念那美人,
在水之涘[13]。　　　在那河水另一头。
溯洄从之,　　　　逆着水流去找他,
道阻且右[14]。　　　道路险阻弯向右。
溯游从之,　　　　顺着水流去找他,
宛在水中沚[15]。　　好像就在水中洲。

注释

❶ 蒹葭（jiān jiā）：芦苇。 苍苍：茂盛的样子。

❷ 伊人：那人。

❸ 方：这里指河流的另一边。

❹ 溯洄（huí）：逆着河流向上走。 从：跟从，寻求。

❺ 阻：阻碍。

❻ 溯游：顺着河流向下走。

❼ 宛：仿佛。

❽ 晞（xī）：干。

❾ 湄（méi）：水和草交接的地方，即岸边。

❿ 坻（chí）：水中的小沙洲。

⓫ 采采：众多的样子。

⓬ 已：止。

⓭ 涘（sì）：水边。

⓮ 右：向右转弯，这里指道路弯曲。

⓯ 沚（zhǐ）：水中的沙滩。

解 析

今之学者大多认为这是一首情诗恋歌。在一片苍茫的蒹葭水边，那意中人被河水阻碍。"在水一方"是诗人营造出来的一种可望而不可即的境遇，也是人生常有的境遇。"宛在水中央"的幻觉，仿佛使人又生出了希望，然而河水对岸可以划过去，那人却缥缈无踪，诗人来回求索，终不可得，只好反复咏叹。

全诗动静结合，情景相生，营造出一种恍惚迷离之感，既有凄清空旷的绘画美，也有流转婉秀的音乐美。东周时秦地靠近戎狄，他们只能崇尚武力，才能保家卫国，因此他们的情感也往往激昂粗犷。这首《蒹葭》却极为凄婉缠绵、空灵多蕴，在悲壮慷慨的"秦风"中独具一格，甚至在整个《诗经》中也别具特色。

国风·秦风

黄鸟

交交黄鸟❶,	黄雀交交叫不停,
止于棘❷。	飞来停在酸枣枝。
谁从穆公❸？	谁人陪葬秦穆公？
子车奄息❹。	子车之子有奄息。
维此奄息,	子车奄息什么样？
百夫之特❺。	人才百里只挑一。
临其穴,	可他走进穆公坟,
惴惴其栗❻。	战战栗栗力全失。
彼苍者天,	苍天为何不公道,
歼我良人❼！	杀死好人太不值！

如可赎兮[8]，	若能赎回他一命，
人百其身！	百人都愿来相抵！
交交黄鸟，	黄雀交交叫不停，
止于桑。	飞来停在桑树枝。
谁从穆公？	谁人陪葬秦穆公？
子车仲行。	子车之子有仲行。
维此仲行，	子车仲行什么样？
百夫之防[9]。	百人防他力难施。
临其穴，	可他走进穆公坟，
惴惴其栗。	战战栗栗力全失。
彼苍者天，	苍天为何不公道，
歼我良人！	杀死好人太不值！
如可赎兮，	若能赎回他一命，
人百其身！	百人都愿来相抵！
交交黄鸟，	黄雀交交叫不停，
止于楚。	飞来停在荆树枝。
谁从穆公？	谁人陪葬秦穆公？
子车鍼虎。	子车之子有针虎。

维此鍼虎,   子车针虎什么样？
百夫之御⑩。   百人挡他力难支。
临其穴,   可他走进穆公坟，
惴惴其栗。   战战栗栗力全失。
彼苍者天,   苍天为何不公道，
歼我良人！   杀死好人太不值！
如可赎兮,   若能赎回他一命，
人百其身！   百人都愿来相抵！

注释

① 交交黄鸟：交交，鸟叫声；黄鸟，即黄雀。

② 棘（jí）：酸枣树。

③ 穆公：即秦穆公，春秋时秦国国君。他死时有一百七十七人殉葬，其中包括三名贤人。

④ 子车奄息：子车是复姓，奄息是名字。子车奄息就是为秦穆公殉葬的三名贤良之一。

⑤ 特：杰出人才。

⑥ 惴惴（zhuì）其栗（lì）：惴惴，恐惧担忧的样子；栗，战栗，发抖。

⑦ 歼（jiān）：歼灭。

⑧ 赎（shú）：赎身，用人或物品抵押代替。

⑨ 防：比，相当，即相当于一百个人的力量。

⑩ 御：抵挡。

解析

商朝人认为，一个人死后，灵魂会活在另一个世界，那里依然需要许多生活物品，也需要亲近的仆人服侍。因此，当时的贵族死时，要用许多财物和奴隶殉葬。秦穆公死时，殉葬人数达到 170 多人，其中包括 3 名贤良人才，他们就是《黄鸟》中所说的"子车"兄弟三人。秦国百姓认为，国君用贤良的人才殉葬是非常残忍且不明智的行为。为了挽回人才，秦国百姓愿意用自己的生命代替人才去死。其实，不管死的是不是人才，殉葬都是非常残忍的，谁的命不珍贵呢？孔子认为，用造得像真人的陶俑去殉葬都是残忍的，何况是用真人殉葬？

晨风

鴥彼晨风❶,　　　　　　　鹯鸟展翅疾匆匆,
郁彼北林❷。　　　　　　　北林茂密郁葱葱。
未见君子,　　　　　　　　未能相见我夫君,
忧心钦钦❸。　　　　　　　心中挂念忧忡忡。
如何如何❹?　　　　　　　怎么办啊怎么办?
忘我实多!　　　　　　　　实在忘我太多时!
山有苞栎❺,　　　　　　　栎树在山望丛丛,
隰有六驳❻。　　　　　　　湿地梓榆青白中。
未见君子,　　　　　　　　未能相见我夫君,
忧心靡乐。　　　　　　　　忧闷不乐要发疯。
如何如何?　　　　　　　　怎么办啊怎么办?
忘我实多!　　　　　　　　实在忘我太多时!
山有苞棣❼,　　　　　　　棠棣丛集满山坡,
隰有树檖❽。　　　　　　　低地山梨直又多。
未见君子,　　　　　　　　未能相见我夫君,
忧心如醉。　　　　　　　　忧心如醉丧魂魄。

| 如何如何? | 怎么办啊怎么办? |
| 忘我实多! | 实在忘我太多时! |

注释

① 鴥(yù):鸟快飞的样子。晨风:即鹯(zhān)鸟,羽毛青黄,猛禽,以鸠鸽燕雀为食。

② 郁:葱郁。

③ 钦钦(qīn):忧愁深重的样子。

④ 如何:怎么办。

⑤ 苞:丛生。 栎(lì):即栎树。

⑥ 六驳:喻指梓树、榆树。两种树皮青白,遥望如杂色的马。

⑦ 棣:即棠棣树。

⑧ 树:直立的样子。 檖(suì):一种野生的山梨树。

解析

在传统社会,妇女的命运往往为男权所掌控,因此我们能在诗词中看到很多悲痛或悲愤的弃妇诗。这一篇虽然没有《氓》有名,但诗歌中所承载的悲情和剪不断理还乱的纠葛,是一点儿也不逊色。这样的情感表现全是通过重章复沓,一唱三叹的词句结构实现。

无衣

岂曰无衣？	谁说没有衣服穿？
与子同袍❶。	和你同穿战衣袍。
王于兴师，	君王起兵去打仗，
修我戈矛❷，	修整我的戈和矛，
与子同仇！	和你共同杀敌仇！
岂曰无衣？	谁说没有衣服穿？
与子同泽❸。	和你同穿战衣衫。
王于兴师，	君王起兵去打仗，
修我矛戟，	修整我的矛和戟，
与子偕作❹！	和你奋起共向前！
岂曰无衣？	谁说没有衣服穿？
与子同裳。	和你同穿战衣裳。
王于兴师，	君王起兵去打仗，
修我甲兵❺，	修整铁甲和兵器，
与子偕行！	和你一起往前闯！

注释

① 袍：一种贴身的内衣，上下衣一体。同袍，是指寒冷的夜晚，士兵们同在一件袍中相拥取暖。
② 戈矛：长戈和长矛，是古代的兵器。
③ 泽：通"襗"，指穿在里面的汗衫。
④ 偕作：偕，一起、共同；作，起。
⑤ 甲兵：铁甲和兵器。

解析

秦国地处边境，与戎狄相邻，崇尚战斗，民风厚重，军队作战勇猛。这首诗分为三章，表现和歌颂了秦国士兵们的昂扬斗志和团结精神，他们不畏艰苦，积极响应周王号召，一呼百诺，奋勇杀敌。正是这种精神，让秦国从一个小国逐渐崛起，最终统一了中国。重章叠唱的方式让诗歌显得豪情满怀，从一声声"修我戈矛""修我矛戟""修我甲兵"中，我们仿佛看到秦国士兵团结一心，正磨刀弄枪、一步一步做好准备的情景。

公元前506年，楚国逐渐衰弱，吴国趁机进攻楚国。楚国一路败退，国都失守，楚王狼狈出逃。楚国有一个人叫申包胥，他不忍心看着自己的国家灭亡，于是不辞辛苦，日夜兼程赶往秦国，请求秦国出兵救援楚国。秦国人不想出兵救援楚国，申包胥十分悲痛，他站在院外大哭，哭了七天七夜，一口水也不喝。秦国人被申包胥

的爱国精神所感动，秦国国君便念了《无衣》这首诗，申包胥听明白了诗中的含义，知道秦国愿意去救楚国了，于是再三拜谢。

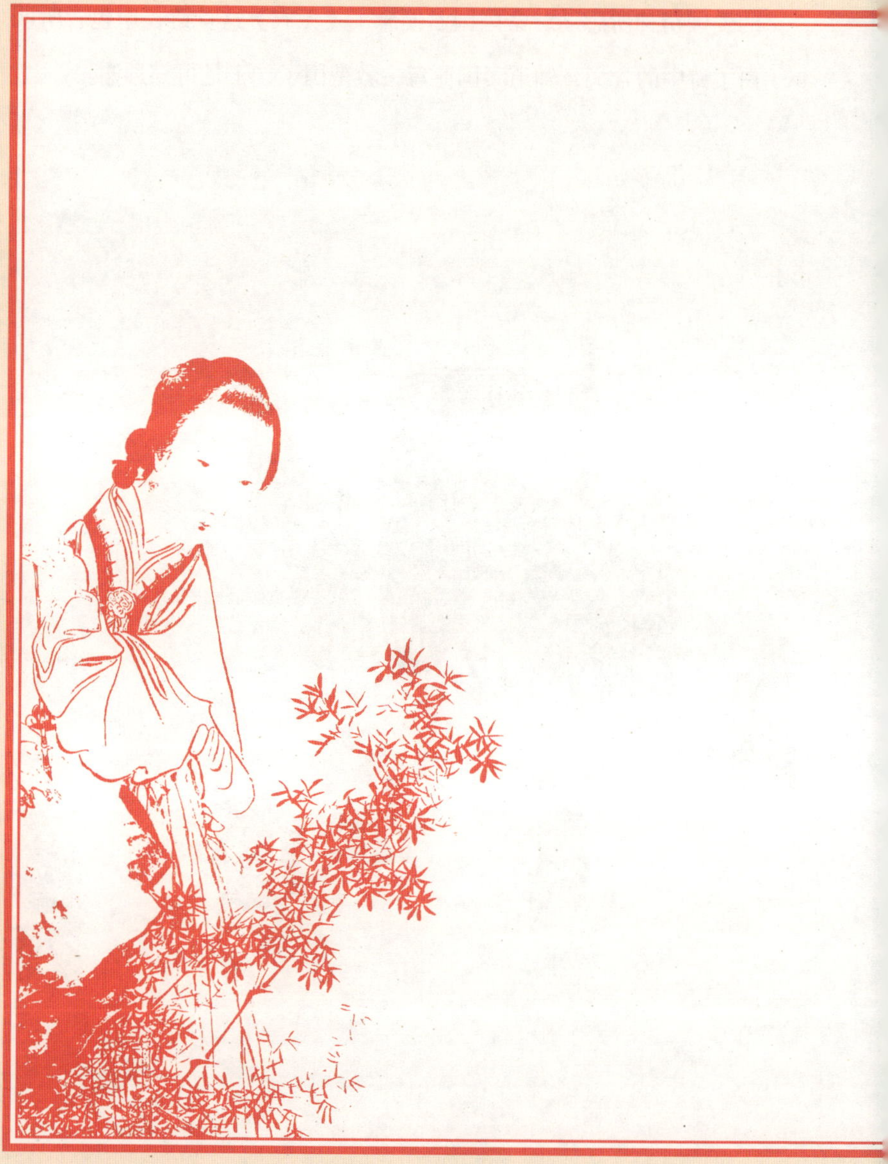

国风·陈风

陈风

"陈风"共十篇,为东周时期作品。周武王将舜之后人封在陈国,都城宛丘(今河南淮阳)。据记载,周武王将长女太姬嫁去陈国,太姬喜好祭祀用巫,所以陈国民间也崇尚巫鬼。"陈风"内容多为婚姻恋爱,在宛丘之上击鼓,在枌(fén)树之下舞蹈,有太姬歌舞遗风。

衡门

衡门之下[1]，　　　　　横木当门城东头，
可以栖迟[2]。　　　　　可以悠闲任逗留。
泌之洋洋[3]，　　　　　泌河洋洋在流淌，
可以乐饥[4]。　　　　　可以抚慰相思愁。
岂其食鱼，　　　　　　难道想要吃鲜鱼，
必河之鲂[5]？　　　　　一定要那河中鲂？
岂其取妻，　　　　　　难道想要娶妻子，
必齐之姜[6]？　　　　　一定要娶那齐姜？
岂其食鱼，　　　　　　难道想要吃鲜鱼，
必河之鲤？　　　　　　定要河中那鲤鱼？
岂其取妻，　　　　　　难道想要娶妻子，
必宋之子[7]？　　　　　定要娶那宋国女？

注释

[1] 衡门：横木作门，比喻简陋贫穷之家。

[2] 栖迟：栖息，安身。

[3] 泌（bì）之洋洋：泌是指水边，洋洋是形容水流不竭。

[4] 乐饥：满足欲望。

❺ 鲂（fáng）：鳊鱼，黄河鳊鱼肥美，很名贵。
❻ 齐之姜：齐国国君姓姜，齐国姜姓女子是贵族。
❼ 宋之子：宋国国君姓子，宋国子姓女子也是泛指贵族之女。

解析

诗人在简陋的衡门下逗留，望着那河水洋洋流淌，看着眼前的女子，不由得发出感慨：娶妻成婚，不必苦苦追求那富贵显赫人家，就好像吃鱼，不一定要吃那名贵美味的鲂鲤。只要快乐自在，两情相悦，此生足矣！

这是一首抒发安贫乐道思想的诗，主人公就像孔子的弟子颜回，只需要一箪饭、一瓢水，就能在简陋的巷子中悠闲快乐地生活；也有人认为这是一首歌唱爱情的诗，不管那些贵族女子如何显耀，作者也不稀罕，他只要珍惜这眼前之人。这首诗究竟如何理解，见仁见智。

墓门

墓门有棘[1],　　　　　墓门旁边有酸枣,
斧以斯之[2]。　　　　　斧头可以铲除掉。
夫也不良[3],　　　　　这人如此不良善,
国人知之。　　　　　　全国百姓都知道。
知而不已,　　　　　　他却仍不肯改正,
谁昔然矣[4]。　　　　　罪孽都由过去造。
墓门有梅[5],　　　　　墓门旁边酸枣枝,
有鸮萃止[6]。　　　　　邪恶夜鸮在栖息。
夫也不良,　　　　　　这人如此不善良,
歌以讯之[7]。　　　　　唱起诗歌来告知。
讯予不顾[8],　　　　　别人告诫他不管,
颠倒思予[9]。　　　　　遭祸败时想我迟。

注释

[1] 墓门有棘：墓门，墓道的门，也有人认为是陈国城门名；棘，酸枣树。
[2] 斯：劈开，砍掉。
[3] 夫：这个人。
[4] 谁昔然矣：谁昔，往昔，过去；然，这样；矣，句尾语气词。

国风·陈风

❺ 梅：梅树。也有人说这里的"梅"就是"棘"（酸枣）的误写。
❻ 有鸮（xiāo）萃（cuì）止：鸮，猫头鹰，古人认为猫头鹰是恶鸟；萃，聚集、栖息。
❼ 讯：借为"谇"（suì），斥责，告诫。
❽ 予：我。
❾ 颠倒：跌倒，被打倒。

解析

陈佗是春秋时陈国国君的弟弟，比哥哥小几个月。他心里对哥哥不满，想要取而代之。有一次，陈佗代表陈国去和郑国结盟。见了郑国人后，陈佗表现得心不在焉。郑国人看到陈佗如此不恭敬，就判断他不得善终。

果然，在哥哥病危之时，陈佗杀害太子进而篡位，导致陈国出现大乱。陈佗的行为得不到他人的支持，最后死于动乱之中。根据《毛诗序》的说法，这首诗就是讽刺陈佗不听好人劝告，最终导致失败的事。

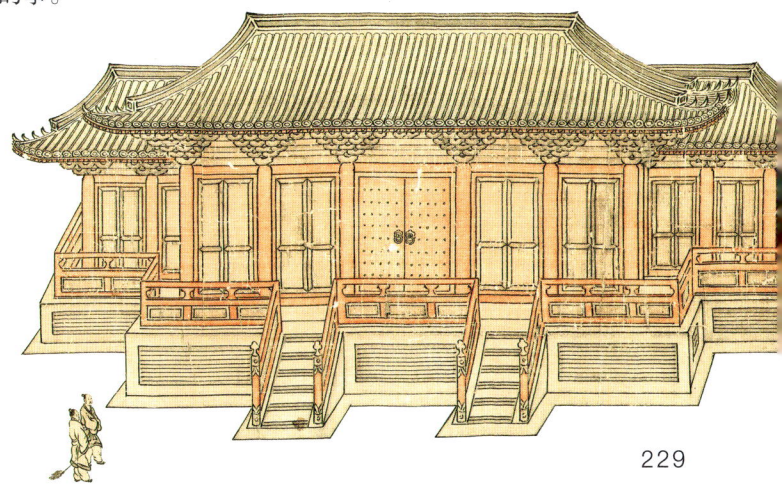

防有鹊巢

防有鹊巢❶，　　　河水堤上有鹊巢，
邛有旨苕❷。　　　小山丘上生苕草。
谁侜予美❸？　　　谁在欺骗我爱人，
心焉忉忉❹！　　　我心忧愁又烦恼。
中唐有甓❺，　　　庭院地上有瓦片，
邛有旨鹝❻。　　　小山丘上长绶草。
谁侜予美？　　　谁在挑拨我爱人，
心焉惕惕❼。　　　我心害怕好煎熬。

注释

❶ 防：堤坝。

❷ 邛（qióng）：土丘。旨：味美。苕（tiáo）：蔓生植物，一名鼠尾，生在低湿的地上。

❸ 侜（zhōu）：欺骗。予美：我的爱人。

❹ 忉忉（dāo）：忧愁的样子。

❺ 唐：古时朝堂前或宗庙门内的大路。中唐，即中庭的道路。甓（pì）：砖瓦。

❻ 鹝（yì）：杂色小草，又名绶草。

❼ 惕惕（tì）：担心害怕的样子。

解析

　　这是一首描写男女相恋，而担忧旁人来造谣挑拨的诗。喜鹊的巢穴应该在树上，并不筑在堤坝上；苕草应该生长在低湿处，并不会长到山丘中；庭院里铺道的是泥土，不会是瓦片；绶草栽种在水边，不会出现在山坡……爱人之间应该亲密无间，不该被外人诓骗，导致离心离德。

　　诗人分别举出了几种不协调的自然现象，用动植物的不得其所、不可思议，来比照爱人之间不得同心、违反常理。这种手法在《诗经》中经常出现。因为中国自古就有以男女夫妇之情托兴，通达于君臣主从之义的传统，因此这种看上去是描写爱情的诗，往往被解读为担忧君主被谗、听信小人的现象。

月出

月出皎兮①，	月光皎洁又明亮，
佼人僚兮②。	美人娇丽身轻柔。
舒窈纠兮③，	慢慢走来多妖娆，
劳心悄兮④！	让我思念心忧愁。
月出皓兮⑤，	月光清澈又光明，
佼人懰兮⑥。	美人仪容真姣好。
舒忧受兮⑦，	身姿窈窕慢慢行，
劳心慅兮⑧！	让我思念心烦恼。
月出照兮，	月亮高悬照四方，
佼人燎兮⑨。	美人容颜放光芒。
舒夭绍兮⑩，	风姿绰约多优美，
劳心惨兮⑪！	让我思念心忧伤。

① 皎：皎洁。

② 佼：通"姣"，美好。僚：通"嫽"，美丽。

③ 舒：姿态雍容舒缓。窈纠（yǎo jiǎo）：形容女子体态苗条的样子。

④ 劳心：忧心。悄：深忧的样子。

❺ 皓：光明。

❻ 懰（liú）：妩媚的样子。

❼ 懮（yōu）受：形容女子走路的姿态徐舒婀娜的样子。

❽ 慅（cǎo）：忧愁不安的样子。

❾ 燎：光彩照人。

❿ 夭绍：形容女子体态轻盈。

⓫ 惨：忧愁烦躁不安的样子。

解 析

余冠英在《诗经选》一书中认为这诗是描写一个月光下的美丽女子。每章第一句都在描写月色，月光皎洁清幽，在这样的环境中引出女子的形象，第二句便赞叹女子容色之美，紧接着第三句又描写女子行动姿态之美，只见她在月光下安闲散步，轻盈的身姿，叫人不由得爱慕，于是诗人在末句直接抒发怦然心动、相思不宁的情感。全诗只更换了几个词汇，变化不多，一咏三叹，却将一幅月下美人图栩栩如生地刻画在眼前。

《诗经》中有许多描写美女的诗，《硕人》一诗，诗人用非常工笔式的手法，将女子从手指皮肤到牙齿眉眼全部描写了一遍，形象而细腻；《蒹葭》一诗，其中的女子自始至终没有露面，全是侧面烘托气氛，给人缥缈虚无、不可追求之感；而《月出》这首诗，诗人让女子置身于一个特定的环境中，让环境的美丽与女子的美丽相辅相成，仿佛没有了月光，女子便失去了风情，没有了女子，月光便

没有了韵致。林祥征在《谈〈陈风·月出〉对意境的开拓》一文中写道:"这种立体的画面,构成一个意境的表现手法,可以说是最早的也是真正的空间艺术。"

国风·曹风

曹风

西周初期,武王将其弟曹叔振铎封于曹国,地址在今山东菏泽、曹县一带。《汉书·地理志》记载,"其民犹有先王遗风,重厚多君子。"曹国居于要冲,曾是一方大国,周室衰微后却沦为诸侯国。春秋末期,曹、宋交恶,曹被宋所灭,『曹风』共四篇,数量少,产生时代也较晚,多是周平王东迁以后所作。

蜉蝣

蜉蝣之羽❶,　　　　　　小小蜉蝣振羽飞,
衣裳楚楚❷。　　　　　　它的衣裳真鲜丽。
心之忧矣,　　　　　　　人生苦短心忧伤,
于我归处❸。　　　　　　哪里才是归去地?
蜉蝣之翼,　　　　　　　小小蜉蝣振翅飞,
采采衣服❹。　　　　　　光洁鲜艳好衣服。
心之忧矣,　　　　　　　人生苦短心忧伤,
于我归息。　　　　　　　哪里才是安息处?
蜉蝣掘阅❺,　　　　　　小小蜉蝣破土出,
麻衣如雪❻。　　　　　　白麻衣服如雪舞。
心之忧矣,　　　　　　　人生苦短心忧伤,
于我归说❼。　　　　　　哪里才是我归宿?

注释

❶ 蜉蝣(fú yóu):一种渺小的昆虫,寿命只有几个小时到一周。古人常用"蜉蝣"来比喻人生苦短。

❷ 楚楚:鲜明的样子。

❸ 于(wū):通"乌",何,哪里。

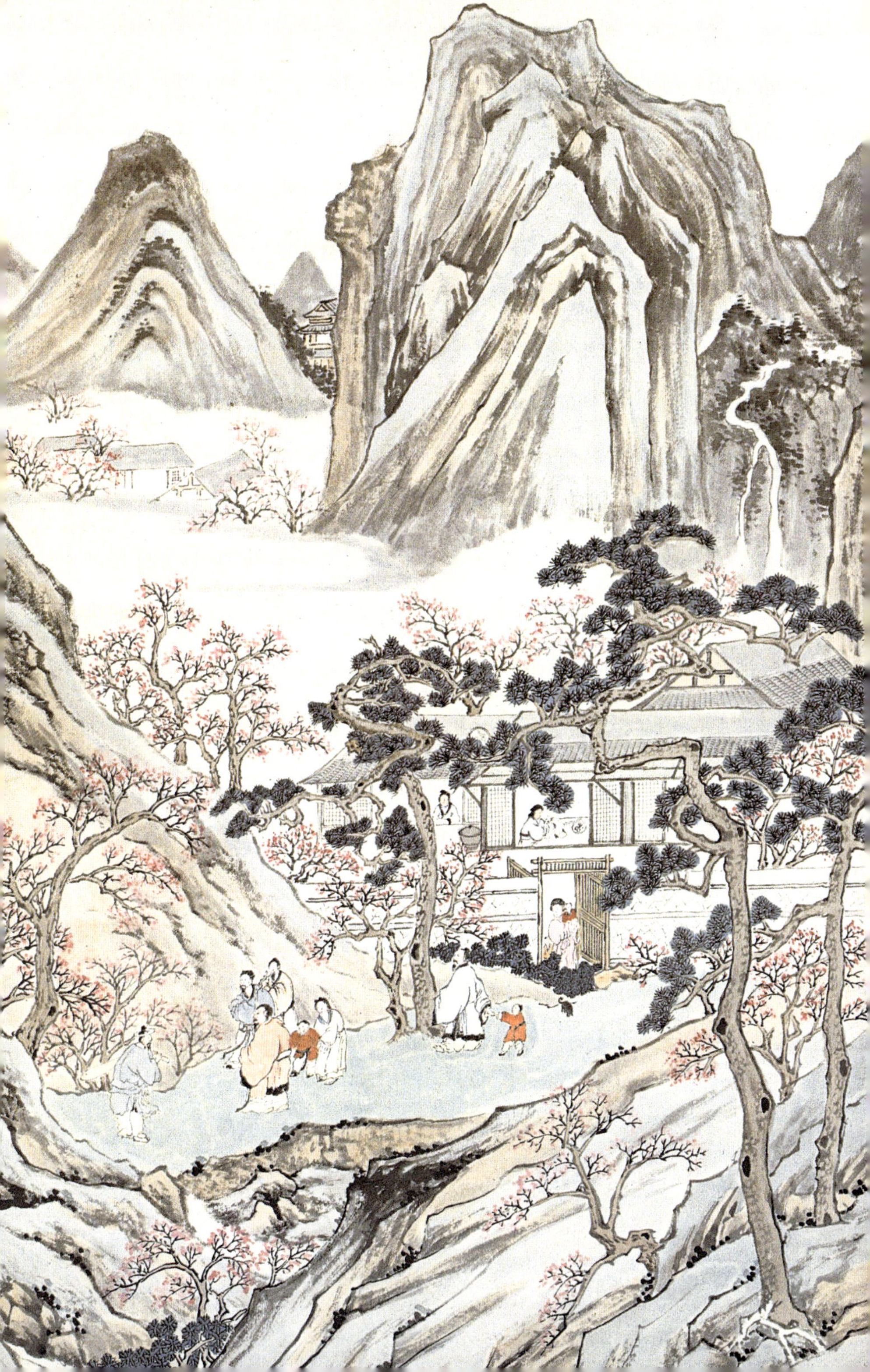

④ 采采：光洁鲜艳的样子。

⑤ 掘阅（xué）：阅，通"穴"，掘穴，即破穴而出。

⑥ 麻衣：白麻皮缝制的衣服，是古代统治阶级的日常衣服。

⑦ 归说（shuì）：说，通"税"，止息，居住。

解析

蜉蝣是一种漂亮而渺小的昆虫。它们在空中成群飞舞，白色的身体如同雪花一般，纷纷扬扬，场面壮观。蜉蝣的生命很短暂，它们死后坠落到地面，尸体堆积成厚厚的一层，叫人不得不感慨生命的绚烂与短暂！

人的生命有一百年，然而一百年又有多长？相比于千年万年，人的生命也是短暂的，一旦死去，就不会再重来。华丽的衣裳，多彩的生命，最终都要归于虚空。诗人一咏三叹，不停地发问，到底哪里才是人生的归宿？

对生命的发问，也是对生命的珍惜。有一种花叫"木槿花"，木槿花鲜艳夺目，它早上开放，到了晚上就会凋零，又称"朝开暮落花"；有一种虫叫蟪蛄，即俗称的"知了"，它们夏天生长，到了秋天就会死去，根本活不过一年。这些短暂的生命，曾来这世间走一场，曾发出过自己的声音和光彩。轰轰烈烈，或许就不枉此生了吧！

国风·豳风

豳风

豳是古都邑名，在今甘肃庆阳、陕西旬邑、彬县一带。周族先祖公刘迁于豳地，它是周族的发祥地。『豳风』共七篇，均作于西周，是『国风』中年代最早的诗。周人重视农业生产，所以『豳风』中有详言农桑衣食之事。朱熹《诗集传》中说，武王去世后，成王年幼，周公摄政，周公将后稷、公刘之故事作成诗，以戒成王，谓之『豳风』。

七月

七月流火[1],　　　　　七月火星往西行,
九月授衣[2]。　　　　　九月开始缝衣裳。
一之日觱发[3],　　　　十一月北风吹大地,
二之日栗烈[4]。　　　　十二月寒风刺骨凉。
无衣无褐[5],　　　　　没有短衣没粗布,
何以卒岁[6]?　　　　　怎么过冬度年光?

注释

[1] 七月:这里指夏历的七月。流:移动,这里指向下行。火:星宿名,又称大火。每年夏历五月黄昏,此星现于南方正中最高处。六月以后,就偏西向下行。

[2] 授衣:使人裁制冬衣。

[3] 一之日:即夏历的十一月。周历以夏历的十一月为正月。下文二之日,夏历十二月。三之日,夏历一月。四之日,夏历二月。夏历三月,就不作五之日,只称为"春"。觱(bì)发:寒风吹动物体发出的声响。

[4] 栗烈:即"凛冽",寒气刺骨。

[5] 褐(hè):这里指粗布衣服。

[6] 卒:终。

三之日于耜❼，	正月开始修农具，
四之日举趾❽。	二月开始下地忙。
同我妇子❾，	妻子儿女齐出动，
馌彼南亩❿；	送饭到那南田旁；
田畯至喜⓫。	田官见了喜洋洋。
七月流火，	七月火星往西行，
九月授衣。	九月开始缝衣裳。
春日载阳⓬，	春天太阳暖洋洋，
有鸣仓庚⓭。	黄莺开喉把歌唱。

注释

❼ 于：为，这里指修理。耜（sì）：形如铁锹，铲或挖土的农具。

❽ 举趾：这里指下田。

❾ 同：约同。

❿ 馌（yè）：给忙农活的人送饭。南亩：泛指田地。

⓫ 田畯（jùn）：监督农活的农官。

⓬ 春日：指夏历三月。载：开始。阳：天气和暖。

⓭ 有：词头，无义。仓庚：黄莺。

女执懿筐[14]，　　　　姑娘手拿深筐来，
遵彼微行[15]，　　　　沿着小路慢慢走，
爰求柔桑[16]。　　　　边走边摘那嫩桑。
春日迟迟[17]，　　　　春天白昼变漫长，
采蘩祁祁[18]。　　　　采取白蒿众人忙。
女心伤悲，　　　　　姑娘心中在悲伤，
殆及公子同归[19]。　　怕与公子同回乡。
七月流火，　　　　　七月火星往西行，
八月萑苇[20]。　　　　八月芦苇正茁壮。

注释

[14] 懿：深。

[15] 遵：沿。微行（háng）：小路。

[16] 爰：于是。柔桑：嫩桑叶。

[17] 迟迟：阳光和暖、光线充足的样子。

[18] 蘩：即白蒿，多年生草本植物，可食用。祁祁：众多的样子。

[19] 殆：始，将要。归，出嫁。

[20] 萑（huán）苇：荻草和芦苇。这里用作动词，即收藏荻草和芦苇。

国风·豳风

蚕月条桑[21],　　　　三月修剪桑树枝,
取彼斧斨[22],　　　　拿起斧头手儿忙,
以伐远扬[23],　　　　高扬枝条砍伐光,
猗彼女桑[24]。　　　　拉着嫩枝采小桑。
七月鸣鵙[25],　　　　七月伯劳开始叫,
八月载绩[26]。　　　　八月开始纺织忙。
载玄载黄[27],　　　　染上黑色染上黄,
我朱孔阳[28],　　　　我染朱红最鲜明,
为公子裳。　　　　　为那公子做衣裳。

注释

[21] 蚕月:养蚕的月份,指三月。条桑,修剪桑树。

[22] 斨(qiāng):斧子的一种,方孔的斧。

[23] 远扬:指过长、过高的桑树枝。

[24] 猗(yī):同"掎",拉着。女桑:嫩桑叶。

[25] 鵙(jú):鸟名,即伯劳鸟。

[26] 绩:纺织。

[27] 载:助词,放在句首,加强语气,无实义。玄:赤黑色。

[28] 朱:红色。孔:甚。阳:鲜明。

四月秀葽㉙,　　　　　　　四月远志结穗子,
五月鸣蜩㉚。　　　　　　五月知了歌声亮。
八月其获㉛,　　　　　　八月开始收庄稼,
十月陨萚㉜。　　　　　　十月叶落天变凉。
一之日于貉㉝,　　　　　　十一月开始打野貉,
取彼狐狸,　　　　　　　获得狐狸皮毛好,
为公子裘。　　　　　　　为那公子做皮裘。
二之日其同㉞,　　　　　　十二月猎人聚一起,
载缵武功㉟。　　　　　　继续打猎不停休。
言私其豵㊱,　　　　　　打得小猪自己吃,

注释

㉙ 秀：长穗。葽（yāo）：草名，今名远志，可作药用。

㉚ 蜩（tiáo）：蝉。

㉛ 其获：庄稼收割。

㉜ 陨：落。萚（tuò）：落叶。

㉝ 于：猎取。貉（hé）：外形似狐，毛色棕灰，在古代是重要的毛皮来源。

㉞ 同：会合。

㉟ 载：则，就。缵（zuǎn）：继续。武功：武事，这里指田猎之事。

㊱ 私：私自占有，从下句可知这里意谓大猎物交给公家，小猎物留给自己。
豵（zōng）：本义是小猪，这里是指小的猎物。

献豜于公㊲。　　　　　大猪给那公朝留。

五月斯螽动股㊳，　　　五月蚂蚱儿弹腿唱，

六月莎鸡振羽㊴。　　　六月纺织娘振翅膀。

七月在野㊵，　　　　　七月蟋蟀在野外，

八月在宇㊶，　　　　　八月到我屋檐旁，

九月在户，　　　　　　九月进到屋里面，

十月蟋蟀入我床下。　　十月躲入床底藏。

穹窒熏鼠㊷，　　　　　熏出老鼠堵小洞，

塞向墐户㊸。　　　　　泥巴涂缝封北窗。

注释

㊲ 豜（jiān）：三岁的大猪，这里泛指大的猎物。 公：公家，即国君。

㊳ 斯螽（zhōng）：亦名螽斯，即蝈蝈一类的草虫。 动股：大腿蠕动，这里是指发出叫声。

㊴ 莎（suō）鸡：虫名，即纺织娘。 振羽：鼓翅发声。

㊵ 野：田野。

㊶ 宇：屋檐。门户，这里指门边。

㊷ 穹：同"穷"，完全。 窒：堵塞，这里指堵塞老鼠洞。 熏鼠：用烟熏赶老鼠。

㊸ 塞：堵塞。 向：北窗。 墐（jìn）户：用泥涂塞门窗孔隙。

嗟我妇子, 哎呀我的妻与儿,
曰为改岁[44], 马上就要新年到,
入此室处[45]。 快快住进这间房。
六月食郁及薁[46], 六月吃那李子和葡萄,
七月亨葵及菽[47]。 七月煮那葵菜和大豆。
八月剥枣[48], 八月打落红枣来,
十月获稻; 十月将那稻谷收;
为此春酒[49], 酿造春酒香醉人,

注释

[44] 曰:即"聿",发语词,无实义。改岁:过年。

[45] 处:处所。

[46] 郁:郁李,大如樱桃,味酸甜。薁(yù):野葡萄,果实黑色,可酿酒。

[47] 亨:同"烹",煮。葵:菜名,汉代以前最主要的蔬菜。菽:豆类食物的总称。

[48] 剥:通"扑",打。

[49] 春酒:冬天酿酒,经春始成,所以叫春酒。

以介眉寿㊿。	祈求老人得长寿。
七月食瓜，	七月吃瓜甜又蜜，
八月断壶㊼，	八月把那葫芦摘，
九月叔苴㊽。	九月拾取秋麻籽。
采荼薪樗㊾，	采摘苦菜砍木柴，
食我农夫。	农夫自己养自己。
九月筑场圃㊹，	九月修筑打谷场，
十月纳禾稼㊺，	十月庄稼收进仓。
黍稷重穋㊻，	黍子谷子和高粱，

注释

㊿ 介（gài）：求。眉寿：人老了，眉上长毫毛，叫秀眉，所以称长寿为眉寿。

㊼ 断：摘下。壶：葫芦。

㊽ 叔：拾取。苴（jū）：麻子。

㊾ 荼：苦菜。薪：这里用作动词，砍柴。樗（chū）：臭椿。

㊹ 场：地头经过平整夯实，专供打粮食的土地空间。圃：菜园。

㊺ 纳：收藏。

㊻ 黍：糜子，小米。稷：高粱。重：同"穜"（tóng），早种晚熟的谷。穋：同"稑"（lù），晚种早熟的谷。

禾麻菽麦[57]。	小米豆麦各种粮。
嗟我农夫！	感叹我们农夫命，
我稼既同[58]，	庄稼已经收割完，
上入执宫功[59]。	还要服役公事忙。
昼尔于茅[60]，	白天去割那茅草，
宵尔索绹[61]，	夜晚搓绳太漫长。
亟其乘屋[62]，	赶快把屋修理好，
其始播百谷[63]。	开春又要种谷粮。
二之日凿冰冲冲[64]，	腊月凿冰冲冲响，

注释

[57] 禾：粟。

[58] 同：聚集，这里是指收藏完毕。

[59] 上：同"尚"，还得。入执宫功：去服役，修缮宫室。

[60] 尔：语助词。于：割取。

[61] 宵：夜里。索：搓。绹：绳。

[62] 亟：同"急"。乘屋：修盖屋顶。

[63] 百谷：谷类的总称。这里泛指谷类作物。

[64] 冲冲：凿冰的声音。

国风·豳风

三之日纳于凌阴[65]。 正月放入冰窖藏。
四之日其蚤[66], 二月开始来祭祖,
献羔祭韭[67]。 献上韭菜和羔羊。
九月肃霜[68], 九月天高气又爽,
十月涤场[69]。 十月叶落扫庭场。
朋酒斯飨[70], 两杯美酒敬乡亲,
曰杀羔羊[71], 宰杀羔羊快来尝。
跻彼公堂[72], 大家登上那公堂,
称彼兕觥[73], 犀牛角杯高举起,
万寿无疆! 祝君福寿无穷长。

注释

[65] 凌阴:专门藏冰的地窖。
[66] 蚤:同"早"。这里指早朝,准备祭祀。
[67] 古代藏冰和取冰都要祭祀。《礼记·月令》:"仲春之月……天子乃鲜(献)羔开冰。"
[68] 肃霜:同"肃爽"。
[69] 涤场:打扫谷场。
[70] 朋酒:两樽酒。 斯:代词,指酒。
  飨:以酒食劝客。
[71] 曰:同"聿",发语词。
[72] 跻:登。 公堂:君主的庙堂。
[73] 称:举起。 兕觥:古时一种铜制伏兕形的盛酒器。

解 析

　　这是一首周初豳地的农事诗,作者可能是老农,也可能是集体创作,后者可能性更大。它在周族中一直以口头流传,直到灭了殷商之后,才正式用文字记载下来。

　　本诗对四季的变化及相应的农牧活动记载得非常详细,它按照月令、时序谋篇布局,一句一事,叙事、抒情、写景、状物等相融一体,仿佛由无数首小诗有机结合而成,兼具各种性情,诗中有怀春少女的闺思,也有年迈老人的感慨,看似平平常常、简朴无华,却又波澜壮阔、富于变化。上至星辰霜露,下至昆虫草木,诗人用一幅幅生动而朴素的画面,向我们展示了当时的风俗。

　　有人认为这首诗是单纯叙述农工时序、歌咏田功的歌,全面记录了农村的生产生活。也有人认为这首诗是抒发农奴对贵族阶级剥削的不满,农夫们日夜辛劳,从不停歇,最后大的收成归公家,而自己只能忍受饥寒。还有人认为这是周公遭遇了国家动乱,用陈述先祖风化根由的方式,来表达王业的艰难……我们今天读到这首诗,仍然可以有不同的理解和感受。农民生活不易,他们辛苦劳作才换来我们的富足生活,所以要倍加珍惜。

鸱鸮

鸱鸮鸱鸮❶！　　　　　　　猫头鹰啊猫头鹰，
既取我子，　　　　　　　　你已抓走我小鸟，
无毁我室❷。　　　　　　　不要再毁我窝巢。
恩斯勤斯❸，　　　　　　　辛勤尽力把家持，
鬻子之闵斯❹！　　　　　　抚育儿女忧苦多。
迨天之未阴雨❺，　　　　　趁着天还没下雨，
彻彼桑土❻，　　　　　　　赶紧拾点桑根皮，
绸缪牖户❼。　　　　　　　把那门窗来修补。
今女下民❽，　　　　　　　现在你们巢下人，
或敢侮予❾！　　　　　　　谁敢把我来欺辱？
予手拮据❿，　　　　　　　我手累得不灵活，
予所捋荼⓫，　　　　　　　我将苦菜双手捋。
予所蓄租⓬，　　　　　　　我把食物积蓄起，
予口卒瘏⓭，　　　　　　　我嘴磨损伤又破，
曰予未有室家⓮！　　　　　我还没有安全窝。
予羽谯谯⓯，　　　　　　　我的羽毛已焦枯，

予尾翛翛⑯。　　我的尾巴已稀疏，
予室翘翘⑰，　　我的窝儿还难住。
风雨所漂摇，　　风雨来时摇又晃，
予维音哓哓⑱！　我也只能尖声哭！

注释

❶ 鸱鸮（chī xiāo）：鸟名，即猫头鹰。

❷ 室：这里指鸟巢。

❸ 恩：《鲁诗》作"殷"，殷勤，这里是辛苦的意思。斯：语助词，无意义。

❹ 鬻（yù）：通"育"，养育。子：指幼鸟。闵：病困。

❺ 迨：趁着。

❻ 彻：剥取。土：同"杜"。桑杜，代指树皮、树枝等。

❼ 绸缪：缠缚。

❽ 女：通"汝"。下民：指人类。

❾ 侮：欺侮。

❿ 拮据：辛劳操持。

⓫ 捋：拔取。荼（tú）：芦、茅的花。

⓬ 蓄：积聚。租：同"苴"，亦作苴，茅草。

⓭ 卒：同"悴"。卒瘏（tú），病困。

⓮ 曰：同"聿"，发语词。未有室家：指巢还没有修好。

⓯ 谯谯（qiáo）：形容羽毛枯焦的样子。

⓰ 翛翛（xiāo）：鸟羽干枯无光泽的样子。

⓱ 翘翘:高而危险的样子。
⓲ 哓哓(xiāo):因恐惧而发出的叫声。

解析

如今动画片中常有动物对话的场景,其实这种方式古已有之。《鸱鸮》很特别,糜裴《欣赏》中说:"这是《诗经》中一篇绝无仅有的绝妙禽言诗,也是我国鸟言兽语的寓言和童话之祖。"

诗的主人公是一只可怜的鸟,它通过诉说自己在育子、营巢过程中的艰苦辛劳以及所受到的迫害,来表达对强暴者"鸱鸮"的不满。全诗显然是以鸟喻人,诗人通过拟人化的手法,借鸟儿诉说自己的苦难,将统治者比作恶毒的"鸱鸮",来表达对现实处境和统治的不满。诗中连下十个"予"字,看似絮絮叨叨,实则一声一泪,悲愤无尽,叫人不忍听闻。

东山

我徂东山❶，	我到东山去打仗，
慆慆不归❷。	长久不回想家乡。
我来自东，	今日我从东方回，
零雨其濛❸。	小雨蒙蒙沾身上。
我东曰归，	我在东方要回家，
我心西悲。	我心悲伤朝西望。
制彼裳衣，	换上一件旧时衣，
勿士行枚❹。	不再衔枚上战场。
蜎蜎者蠋❺，	野蚕慢慢在蠕动，
烝在桑野❻。	在那郊野桑树旁。

注释

❶ 徂（cú）：往。东山：具体不详，这里是指远征的地方。

❷ 慆慆（tāo）：长久。

❸ 零雨：细雨。其濛：即蒙蒙。

❹ 士：同"事"。勿士，不要从事。行：同"横"。枚：像筷子一样的木片。行军时，横放在口中，避免士兵说话。

❺ 蜎蜎（yuān）：虫蠕动的样子。蠋：蛾蝶类的幼虫，似蚕而色青，大如手指。

❻ 烝：众多。

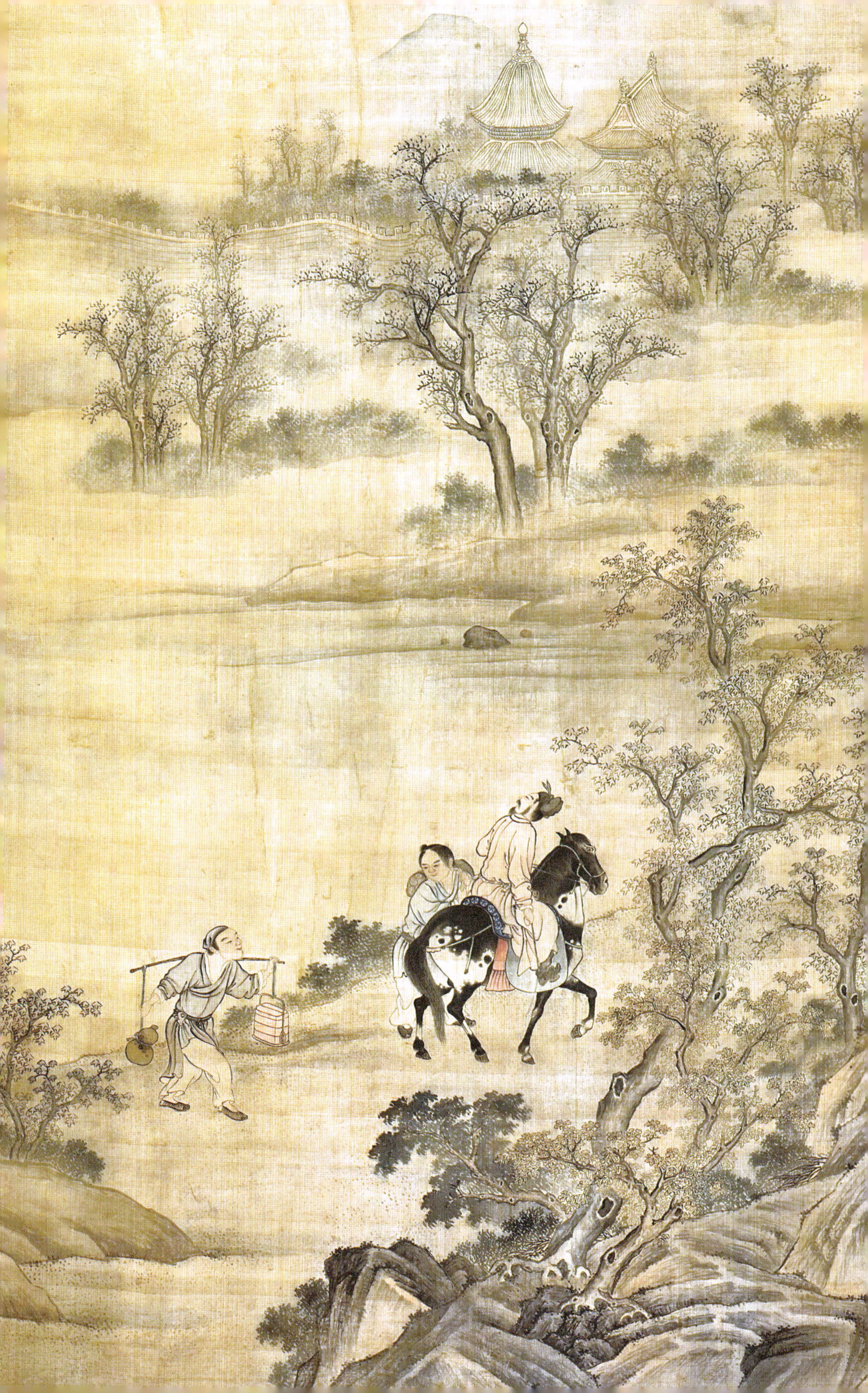

敦彼独宿[7], 我把身体缩成团,
亦在车下。 睡在兵车那下方。
我徂东山, 我到东山去打仗,
慆慆不归。 长久不回想家乡。
我来自东, 今日我从东方回,
零雨其濛。 小雨蒙蒙沾身上。
果臝之实[8], 藤上瓜蒌已结果,
亦施于宇[9]。 蔓延到那屋檐旁。
伊威在室[10], 室内爬着鼠妇虫,
蠨蛸在户[11]。 门窗结着蜘蛛网。
町畽鹿场[12], 田舍荒芜野鹿跑,
熠耀宵行[13]。 夜晚萤火闪微光。

注释

[7] 敦（duī）：蜷缩。

[8] 果臝：瓜蒌，亦名"栝楼"，蔓生葫芦科植物，果实卵圆形，橙黄色。

[9] 施：蔓延。宇：屋檐。

[10] 伊威：虫名，又名鼠妇，生于墙根瓮底的阴暗潮湿处，形似白鱼。

[11] 蠨蛸（xiāo shāo）：虫名，一种长脚的小蜘蛛，又称"蟢子"。

[12] 町畽（tǐng tuǎn）：田舍旁的空地。

[13] 熠（yì）耀：闪闪发光的样子。宵行：虫名，即萤火虫。

不可畏也,	不用怕那荒凉景,
伊可怀也⑭!	家乡叫人不能忘。
我徂东山,	我到东山去打仗,
慆慆不归。	长久不回想家乡。
我来自东,	今日我从东方回,
零雨其濛。	小雨蒙蒙沾身上。
鹳鸣于垤⑮,	鹳鸟在那土堆叫,
妇叹于室⑯。	妻子在家叹息长。
洒扫穹窒⑰,	打扫房间修屋子,
我征聿至⑱。	征夫就要回家乡。

注释

⑭ 伊:是。

⑮ 鹳(guàn):水鸟名,形似鹭,亦似鹤。垤(dié):土堆。

⑯ 妇:指征人之妻。从这句起,到末句"于今三年",都是诗人想象妻子思念自己的情状。

⑰ 穹窒:阻塞鼠穴。

⑱ 我征:我远征的丈夫。聿:语助词。

有敦瓜苦[19]，	团团苦瓜味道苦，
烝在栗薪[20]。	挂在栗树柴木上。
自我不见，	从我离开不相见，
于今三年！	至今已有整三年。
我徂东山，	我到东山去打仗，
慆慆不归。	长久不回想家乡。
我来自东，	今日我从东方回，
零雨其濛。	小雨蒙蒙沾身上。
仓庚于飞[21]，	看那路边黄莺飞，
熠耀其羽。	鲜艳羽毛闪闪亮。
之子于归，	妻子当初嫁给我，
皇驳其马[22]。	马儿毛色杂红黄。
亲结其缡[23]，	她娘亲自系佩巾，
九十其仪[24]。	礼仪繁多带笑忙。
其新孔嘉[25]，	新婚当然很美好，
其旧如之何[26]？	久别重逢该怎样？

⑲ 有敦：敦敦，团圆形。

⑳ 烝：升，这里是爬上的意思。栗薪：柴草。

㉑ 仓庚：黄莺。

㉒ 皇：黄白色。驳：红白色。这里指迎亲所用的马。

㉓ 亲：指妻子的母亲。结缡（lí）：系结佩巾。古代风俗，嫁女的时候，母亲要给女儿结缡，以示至男家后侍奉公婆。

㉔ 九十：指结婚时礼节繁多。仪：仪式。

㉕ 新：指新婚时。孔：甚，很。嘉：美满。

㉖ 旧：久，指久别后。

解析

这是一个出征军人还家时所作的诗，又相传是周公东征后慰劳士兵所作。

第一章写打完仗后士兵归家时的情景，在细雨蒙蒙的路上，士兵们换上新做的衣裳，不再需要遵守严厉的军规，露宿荒郊时，身子像野蚕一般缩成一团，睡在车底下；第二章写士兵的所思所想，"果裸"一句，写凄凉景况如在目前，他既怀念着家乡，又有些担心，不知道家园如今变成了什么样；第三章写家中的妻子境况，他想象着妻子如何悲叹和思念自己；第四章回忆男女婚姻之初，当时多么喜庆和愉快，而久别重逢之后又该如何呢？是哭，是笑，还是犹如堕入梦中？该诗通过征人归乡途中的心理活动来表现，诗中没有宏大的场景，他所叙述之事，从瓜藤到昆虫，无不琐细至极，却正是因为这份琐细，才让读者的想象有了着落，心情随之上下，感动至深。

小雅

小雅

《诗经》分为「风」「雅」「颂」三个部分。其中，雅是正声雅乐，根据《诗经·大序》言：「雅者正也，言王政之所由废兴也。政有小大，故有小雅焉，有大雅焉。」「小雅」七十四篇，加上六篇有目无辞，合计八十篇。大抵产生于西周后期至东周初期，作者既有上层贵族，也有下层贵族和地位低微者。或是宴会诗、祭祀诗，或是反映政治危机的诗，或是表现周王室与其他部族矛盾的诗，也有部分作品和「国风」接近，反映了人民的生活。整体而言，内容和平中正，《史记》称「国风好色而不淫，小雅怨诽而不乱。」

鹿鸣

呦呦鹿鸣❶，　　　　　　　一群鹿儿呦呦叫，
食野之苹❷。　　　　　　　正在原野吃苹蒿。
我有嘉宾❸，　　　　　　　我这迎来好宾客，
鼓瑟吹笙。　　　　　　　　鼓起瑟来吹笙箫。
吹笙鼓簧❹，　　　　　　　吹起笙管簧片震，
承筐是将❺。　　　　　　　双手奉礼好周到。
人之好我，　　　　　　　　人们对我这样好，
示我周行❻。　　　　　　　为我指点通大道。
呦呦鹿鸣，　　　　　　　　一群鹿儿呦呦叫，
食野之蒿。　　　　　　　　正在原野吃青蒿。
我有嘉宾，　　　　　　　　我这迎来好宾客，
德音孔昭❼。　　　　　　　美德声誉很显耀。
视民不恌❽，　　　　　　　面临百姓不轻浮，
君子是则❾是效。　　　　　君子楷模要仿效。
我有旨酒❿，　　　　　　　我有清香甘美酒，
嘉宾式燕以敖⓫。　　　　　嘉宾享宴乐逍遥。
呦呦鹿鸣，　　　　　　　　一群鹿儿呦呦叫，

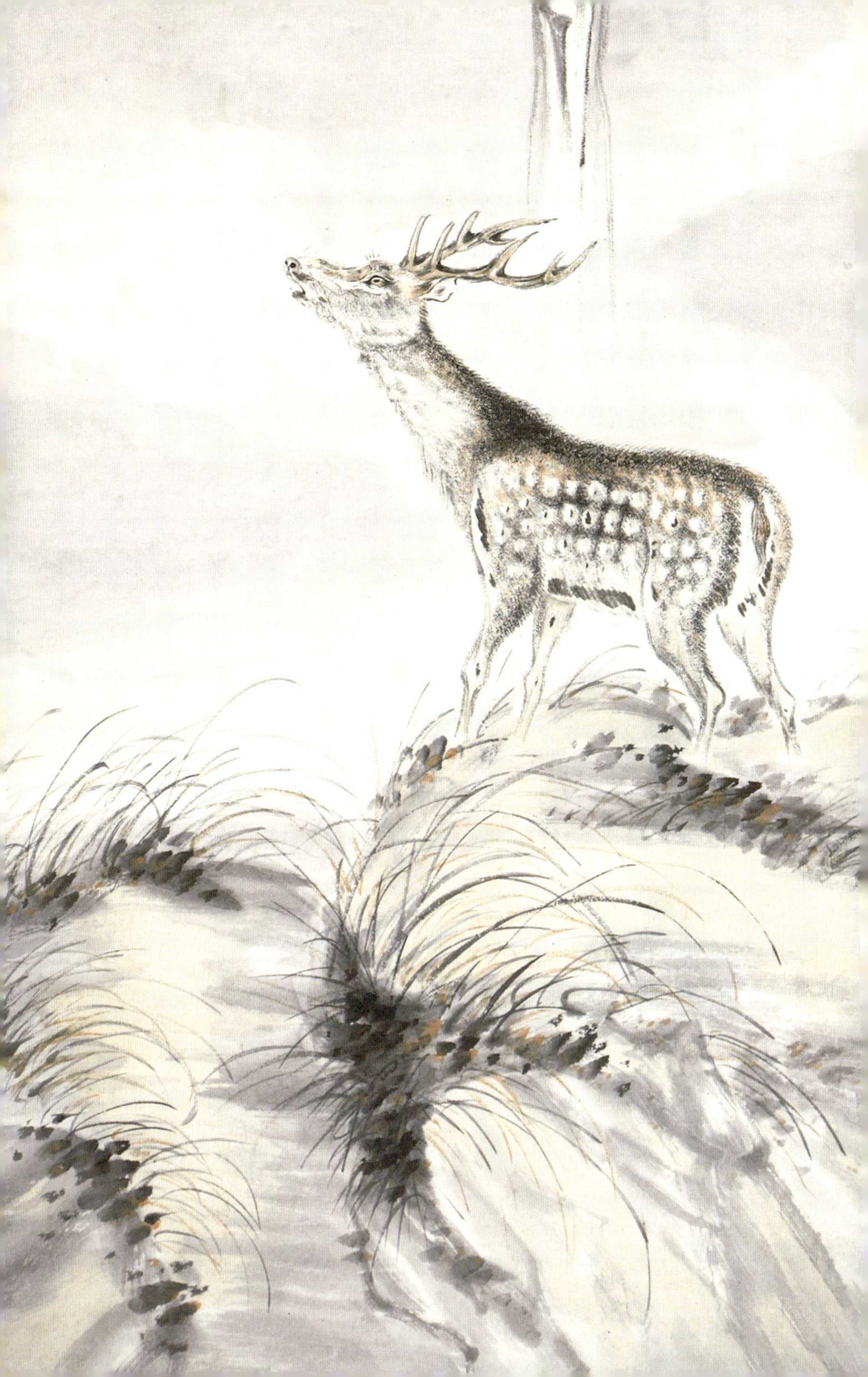

食野之芩⑫。	正在原野吃芩蒿。
我有嘉宾，	我这迎来好宾客，
鼓瑟鼓琴。	鼓起瑟来弹起琴。
鼓瑟鼓琴，	鼓起瑟来弹起琴，
和乐且湛⑬。	和睦快乐气氛深。
我有旨酒，	我有清香甘美酒，
以燕乐嘉宾之心。	以此愉悦嘉宾心。

注释

❶ 呦呦（yōu）：形容鹿的叫声。

❷ 苹：蒿草的一种。

❸ 嘉宾：好宾客。

❹ 簧（huáng）：乐器上的部件，吹笙时簧片会震动。

❺ 承筐是将：筐是用来献上礼品的用具；将，送上、献上。这句是说双手拿着筐奉上礼品。

❻ 周行（háng）：大的道路，引申为"大道理"。

❼ 德音孔昭：美德和声誉很昭著、很显耀。

❽ 视民不恌（tiāo）：视，通"示"，示范；恌，通"佻"，轻挑、轻浮。

❾ 则：以……为法则或榜样。

❿ 旨酒：美酒。

⓫ 式燕以敖：式，语助词；燕，同"宴"；敖，同"遨"，嬉游。

⑫ 芩（qín）：蒿草的一种。
⑬ 湛（dān）：深厚、长久。

解析

这是一首宴会诗，一群鹿儿在原野吃草和鸣叫，以烘托宴会上欢乐和谐的气氛。主人奏起美妙的音乐，对宾客表示欢迎。主人连连夸赞嘉宾的行为举止，并准备了美酒，要与嘉宾共饮。

相传这首诗是周天子宴请诸侯时，在宴会上演唱的诗歌。随着时代推移，"鹿鸣"渐渐流向贵族和民间，成为主人招待宾客的通用歌曲。

春秋时，鲁国的穆叔非常守礼，他出使晋国，晋国人为他奏起音乐。可是，无论晋国演奏如何盛大的音乐，穆叔都仿佛没听见。最后，晋国人演奏起"鹿鸣"，穆叔才站起身对主人拜了三拜，表达感谢。别人问他缘故，他说："前面演奏的乐曲，都不适合给我听，只有'鹿鸣'是勉励我们鲁国的，我怎敢不拜谢？"

常棣

常棣之华❶，　　　　　　唐棣花儿真好看，
鄂不韡韡❷。　　　　　　底下花萼也鲜明。
凡今之人，　　　　　　　要说如今世上人，
莫如兄弟。　　　　　　　没谁能比兄弟情。
死丧之威❸，　　　　　　死丧大事最可怕，
兄弟孔怀❹。　　　　　　只有兄弟会关心。
原隰裒矣❺，　　　　　　流落郊野遭大难，
兄弟求矣。　　　　　　　只有兄弟来找寻。
脊令在原❻，　　　　　　鹡鸰在那原野叫，
兄弟急难。　　　　　　　兄弟亲自来救急。
每有良朋❼，　　　　　　虽然还有好朋友，
况也永叹❽。　　　　　　不能帮忙只叹息。
兄弟阋于墙❾，　　　　　兄弟在家也争吵，
外御其务❿。　　　　　　仍会齐心抗外侮。
每有良朋，　　　　　　　虽然还有好朋友，
烝也无戎⓫。　　　　　　时间一久难相助。

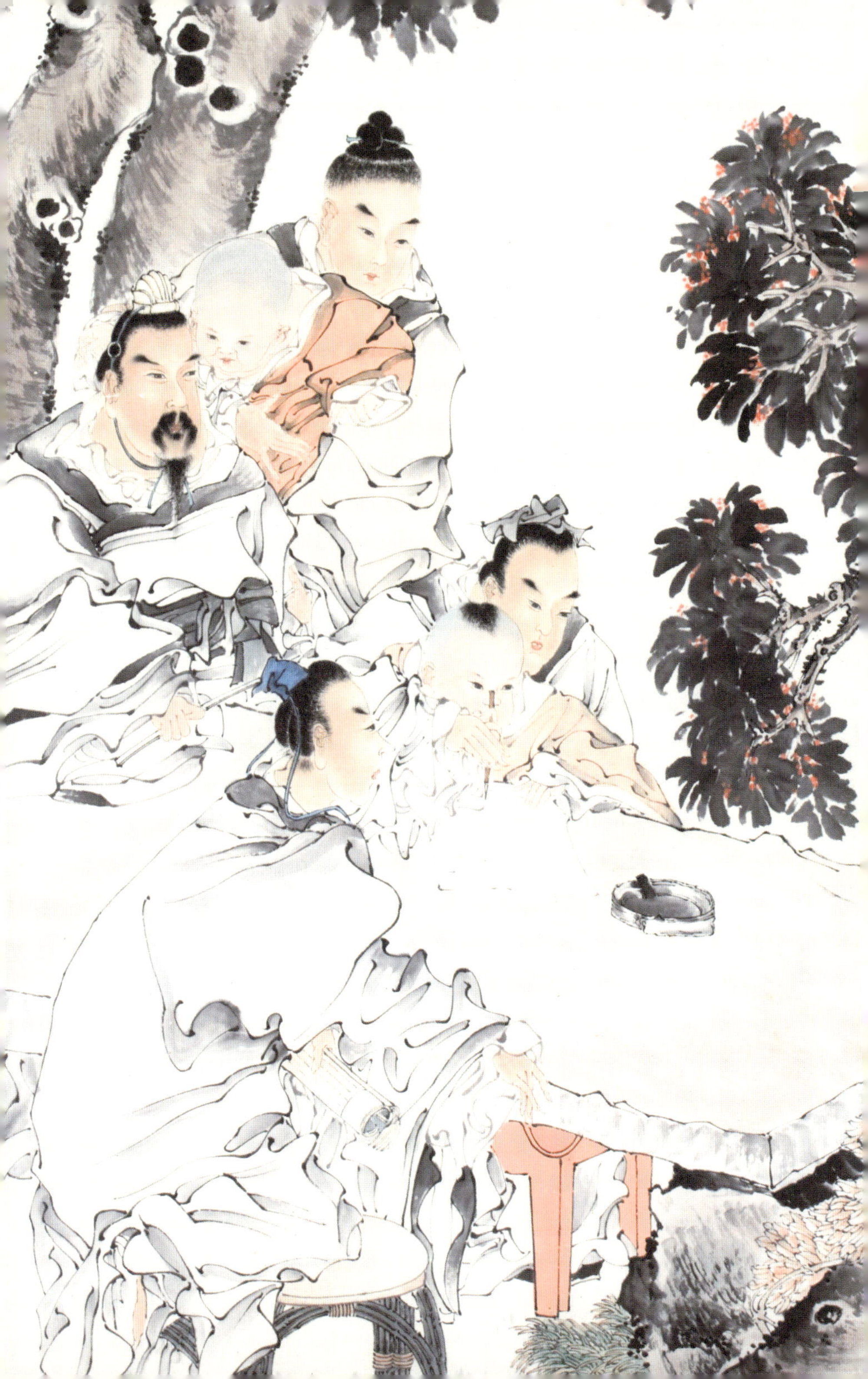

丧乱既平，	丧乱大事已平定，
既安且宁。	生活安乐又宁静。
虽有兄弟，	此时虽有兄弟谊，
不如友生[12]。	好像不如朋友情。
傧尔笾豆[13]，	食物器具陈列好，
饮酒之饫[14]。	酒足饭饱多开怀。
兄弟既具[15]，	兄弟已然在团聚，
和乐且孺[16]。	和和乐乐要亲爱。
妻子好合，	妻子儿女都相合，
如鼓瑟琴。	如同琴瑟音相协。
兄弟既翕[17]，	兄弟团聚在一起，
和乐且湛[18]。	幸福快乐最和谐。
宜尔室家[19]，	家庭和顺又美满，
乐尔妻帑[20]。	妻子儿女都欢喜。
是究是图[21]，	仔细思考又思考，
亶其然乎[22]！	想想的确有道理！

注 释

❶ 常棣：即棠梨树。

❷ 鄂：同"萼"，花萼。不：语助词，无意义。 韡韡（wěi）：鲜明的样子。

❸ 威：使人畏惧的力量。

❹ 孔怀：很关心。

❺ 裒（póu）：聚集，这里指变迁，喻指形势变化。

❻ 脊令：即鹡鸰，水鸟名，飞起时鸣叫，行走时摇动，长脚，尾腹下白，颈下黑如连钱。原：平原。

❼ 每：虽。

❽ 况：增加的意思。永：长。

❾ 阋（xì）：争斗。

❿ 御：抵御。务：通"侮"。

⓫ 烝：发语词，无意义。戎：帮助。

⓬ 友生：即朋友。生：语助词。

⓭ 傧：陈列。 笾（biān）：祭祀或宴会时盛水果、干肉等的竹器。豆：古时盛肉的器，多为陶制，或青铜、木、竹材质，有盖。

⓮ 之：犹是。饫（yù）：饱足。

⓯ 具：通"俱"。既具，已经都来齐。

⓰ 孺：相亲。

⓱ 翕（xì）：和睦。

⓲ 湛（dān）：又作"耽"，尽兴。

⓳ 宜：安。尔：指兄弟。

㉠ 帑：通"孥"，儿女。

㉑ 究：深思。图：考虑。

㉒ 亶（dǎn）：确实。然：这样。

解析

中国自古便是一个十分重视家族伦理关系的社会，一个人的社会关系主要包括五种：君臣、父子、夫妇、长幼、朋友。其中的"长幼"是指兄弟之情，《常棣》便是一首描写兄弟之情的诗。

这首诗分为八章，从各个方面论述了兄弟之情的可贵。诗人用棠棣花朵起兴，用花萼和花蒂同根共荣的关系，来比喻兄弟利益相关。又用鹡鸰鸟的友爱，来比喻兄弟之间的相互帮助。诗中还提到一个现象，在危难时刻，只有兄弟会挺身而出，提供帮助，而往日的好朋友只能长叹，表示爱莫能助，可见朋友之情不如兄弟之情。但在没有危难的时候，兄弟仿佛又不如朋友那般默契了。也正因为如此，我们更需要在生活安乐时谨记兄弟之情，互相团结，家庭和睦，才能长远。

伐木

伐木丁丁[1],	砍伐树木咚咚响,
鸟鸣嘤嘤[2]。	群鸟相和嘤嘤鸣。
出自幽谷,	鸟儿飞出自深谷,
迁于乔木[3]。	飞到高高大树顶。
嘤其鸣矣,	鸟儿为何嘤嘤叫,
求其友声。	只为求得朋友声。
相彼鸟矣[4],	仔细端详那小鸟,
犹求友声。	尚且要求朋友声。
矧伊人矣[5],	何况你们这些人,
不求友生?	难道不想要友情?

注释

[1] 丁丁（zhēng）：砍伐树木的声音。

[2] 嘤嘤（yīng）：鸟叫声。

[3] 迁：迁移。

[4] 相（xiàng）：审视、端详。

[5] 矧（shěn）伊人矣：矧，况且；伊，你。

神之听之, 　　　　　　天上神灵听此事,
终和且平。 　　　　　　赐我和乐与安宁。
伐木许许❻, 　　　　　　砍伐树木喊声齐,
酾酒有藇❼! 　　　　　　过滤美酒喷香气。
既有肥羜❽, 　　　　　　我已备好小羔羊,
以速诸父❾。 　　　　　　同姓叔伯请入席。
宁适不来❿, 　　　　　　宁可凑巧他不来,
微我弗顾⓫。 　　　　　　我没邀请就失礼。
於粲洒扫⓬, 　　　　　　打扫房屋真干净,

注释

❻ 许许：众人砍树的号子声。

❼ 酾（shī）酒有藇（xù）：酾酒，此处指滤酒；有藇，即藇藇，指酒味美。

❽ 肥羜（zhù）：肥壮的羔羊。羜，五个月的小羊。

❾ 以速诸父：速，邀请；诸父，指众多同姓长辈。

❿ 宁（nìng）适：宁，宁可。适，凑巧。

⓫ 微：非，不是。

⓬ 於（wū）粲（càn）洒扫：於，赞叹词；粲，干净鲜明。这句是感慨房屋打扫得很干净美好。

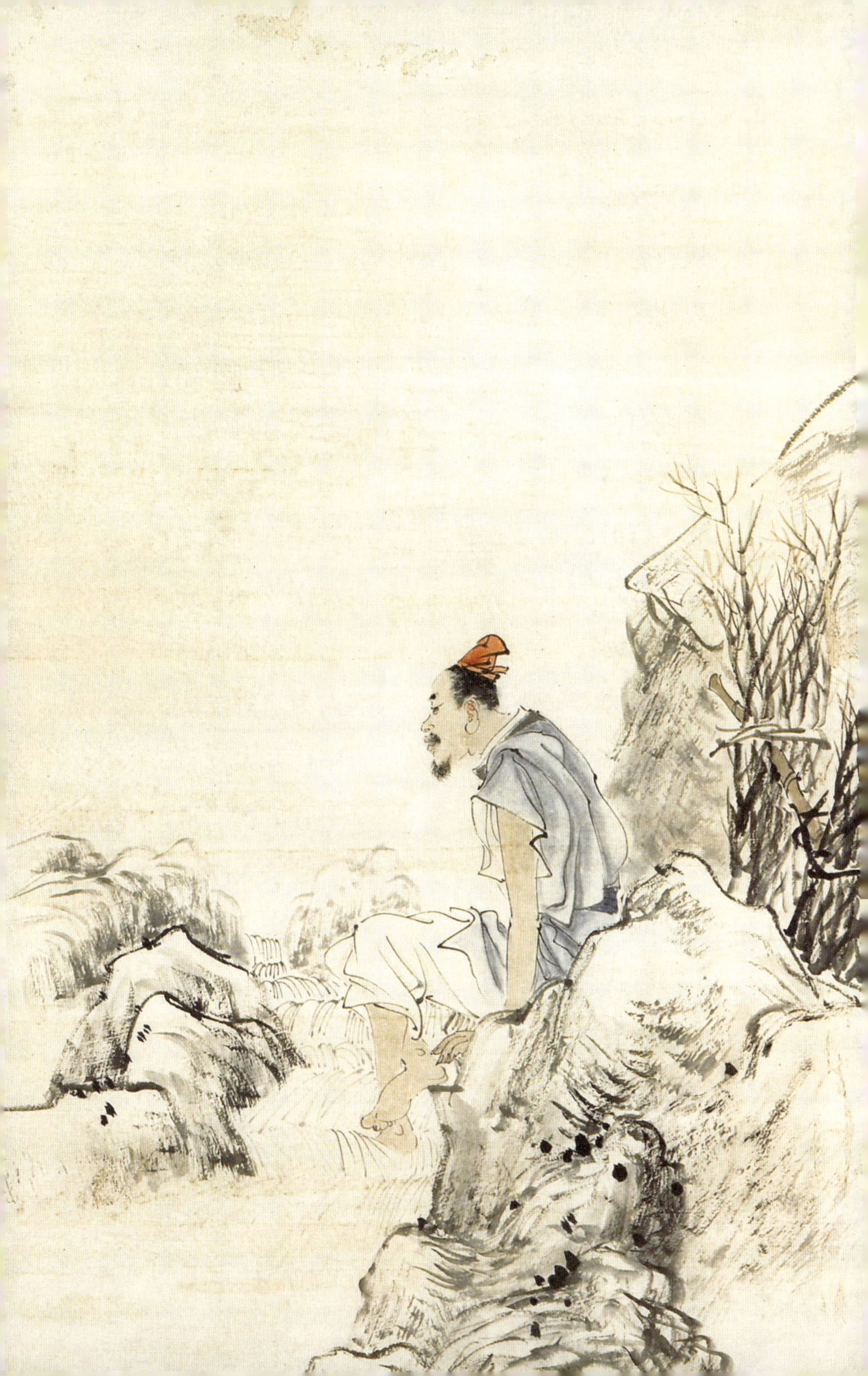

陈馈八簋[13]。	八盘好菜列整齐。
既有肥牡[14]，	我已备好小公羊，
以速诸舅[15]。	异姓长辈请入席。
宁适不来，	宁可凑巧他不来，
微我有咎[16]。	不是我有过与失。
伐木于阪[17]，	小山坡上砍树木，
酾酒有衍[18]。	斟满美酒继续劝。
笾豆有践[19]，	盘碗摆放多整齐，
兄弟无远。	自家兄弟别疏远。
民之失德，	别人为啥失友情，
乾糇以愆[20]。	粗粮待客太没脸。
有酒湑我[21]，	家中有酒就筛来，
无酒酤我[22]。	没酒赶紧去酒店。
坎坎鼓我[23]，	敲起鼓来待宾客，
蹲蹲舞我[24]。	配合音乐舞翩翩。
迨我暇矣[25]，	趁我今天有空闲，
饮此湑矣[26]。	美酒干杯情不减。

注释

⑬ 陈馈八簋（guǐ）：陈，陈列；馈，指食物；簋，古代装食物的器皿，圆口，两耳。

⑭ 肥牡：肥壮的小公羊。

⑮ 诸舅：众多异姓长辈。

⑯ 咎：过错。

⑰ 阪（bǎn）：山坡。

⑱ 酾（shī）酒有衍（yǎn）：酾酒，此处指斟酒；有衍，即衍衍，形容酒美而多。

⑲ 笾（biān）豆有践：笾豆，古代盛放食物的器具，竹制的叫笾。有践，即践践，陈列整齐的样子。

⑳ 乾餱以愆：乾餱，干粮，此处指粗薄点心；愆，过错。

㉑ 湑：过滤。

㉒ 酤：通"沽"，买酒。

㉓ 坎坎鼓我：坎坎，形容鼓声；鼓我，为我敲鼓。

㉔ 蹲（cún）蹲舞我：蹲蹲，形容配合着音乐跳舞的姿态；舞我，为我跳舞。

㉕ 迨我暇矣：迨，趁、及；暇，闲暇、空闲。

㉖ 湑（xǔ）：本义是过滤，此处指过滤的酒。

解 析

古人说"同门曰朋，同志曰友"，所谓朋友，就是在兴趣爱好、目标志向等方面有共同追求的人。

春秋时期，楚国的俞伯牙从小就喜欢音乐，他天赋极高，再加上拜了一位很有名的老师，因此琴艺大长，迅速成为一代杰出的琴师。俞伯牙有一个苦恼，那就是他的琴艺太高超，以至于能够听懂他曲子的人不多。他一个人孤独地弹奏，别人都不能理解他琴中的意蕴。

有一次，俞伯牙乘船出游，走到一座高山旁边时，天突然下起了大雨。俞伯牙将船停在山边避雨，眼看着雨打江面的壮阔景象，不觉心中有所感发，便取出琴来弹奏。这时，一个打柴人也来到此处避雨，听到俞伯牙的琴声，感慨道："多么巍峨的高山啊！"俞伯牙很惊讶，因为他弹奏的曲子正是《高山》。一曲终了，俞伯牙又弹奏了一首《流水》，那名打柴人又赞叹："多么浩荡的江水啊！"俞伯牙非常激动，因为这位打柴人听懂了他的琴中意。于是，俞伯牙和打柴人结为生死之交。打柴人的名字，叫钟子期。

俞伯牙和钟子期约定，等自己周游完毕，就去对方家中拜访。过了一段时日，俞伯牙如约来到钟子期的家中，却发现钟子期已经因病去世了。俞伯牙悲痛欲绝，来到钟子期的墓前，为他弹奏了一曲充满怀念和悲伤的曲子，然后站起来，将自己最喜爱的琴狠心

砸碎，从此再也不弹琴。世上没有了钟子期，就再也没有了知音。这就是"高山流水遇知音"的故事。

好朋友能互相欣赏对方的才能，也能互相学习和帮助。如果彼此之间不能助益，而是互相传染坏习惯，那就是狐朋狗友。面对狐朋狗友，一定要小心，因为你本可以变得更好，他们却会将你拉下水，导致一辈子碌碌无为！

鹤鸣

鹤鸣于九皋❶，　　　　　白鹤长鸣沼泽地，
声闻于野。　　　　　　　声音嘹亮传四郊。
鱼潜在渊，　　　　　　　鱼儿潜入深渊里，
或在于渚❷。　　　　　　时向浅水共嬉闹。
乐彼之园，　　　　　　　看那园林真可爱，
爰有树檀❸，　　　　　　里面檀树大又高，
其下维萚❹。　　　　　　可惜下有枯枝条。
它山之石❺，　　　　　　其他山上有石头，
可以为错❻。　　　　　　可以做成雕玉刀。
鹤鸣于九皋，　　　　　　白鹤长鸣沼泽地，
声闻于天。　　　　　　　声音嘹亮响天际。
鱼在于渚，　　　　　　　鱼儿浮游浅水边，
或潜在渊。　　　　　　　时而潜入深渊里。
乐彼之园，　　　　　　　看那园林真可爱，
爰有树檀，　　　　　　　里面檀树多高大，
其下维榖❼。　　　　　　下面楮树又生起。

它山之石,
可以攻玉❽。

其他山上有石头,
可以用来雕玉器。

注释

❶ 九皋(gāo):九,表示数量非常多;皋,沼泽地。

❷ 渚(zhǔ):水中小洲。

❸ 爰(yuán)有树檀(tán):爰,于是;树檀,檀树。

❹ 萚(tuò):脱落的树皮或枝叶,比喻小人。

❺ 它山之石:比喻其他国家的贤人。

❻ 错:同"厝",指雕刻玉的工具。

❼ 榖(gǔ):楮树,树皮可作造纸原料。

❽ 攻玉:加工、雕刻美玉。

解析

"它山之石，可以攻玉"，其他山上的石头坚硬，可以作为雕琢玉器的工具。比喻其他国家有贤才，可任用他们为本国效力。现在也指任用他人的长处，为自己所用。

战国时期，秦王嬴政不信任其他国家的人，曾下令驱逐投奔而来的客卿。当时有个叫李斯的楚国人，也在被驱逐的名单里。李斯临走之时，给秦王上了一道奏章，他列举了四位秦国先祖的故事，说明正是因为任用了他国人才，秦国才成就了霸业。李斯说："泰山不舍弃卑微的土壤，因而才能高大；河海不排斥任何溪流，因而才能深广；帝王不拒绝任何臣民，因而才能显示恩惠。如果抛弃百姓和人才，就是在资助敌对国家。"嬴政看后，被李斯的话所警醒，立马放弃了驱逐客卿的计划，并派人将李斯追回来，任用他当丞相。最终，秦国统一了六国。

青蝇

营营青蝇①,　　　　　　苍蝇嗡嗡在飞舞,
止于樊②。　　　　　　　它们停在那篱笆。
岂弟君子③,　　　　　　平和有礼好君子,
无信谗言④。　　　　　　莫信他人挑拨话。
营营青蝇,　　　　　　　苍蝇嗡嗡在飞舞,
止于棘⑤。　　　　　　　它们停在酸枣上。
谗人罔极⑥,　　　　　　坏人说话没准则,
交乱四国。　　　　　　　挑拨离间乱四方。
营营青蝇,　　　　　　　苍蝇嗡嗡在飞舞,
止于榛⑦。　　　　　　　它们停在榛树上。
谗人罔极,　　　　　　　坏人说话没准则,
构我二人⑧。　　　　　　离间我俩感情伤。

注释

① 营营:苍蝇飞舞的声音。青蝇:苍蝇。
② 止于樊(fán):止,停下;樊,篱笆。
③ 岂弟(kǎi tì):通"恺悌",平和有礼。
④ 无信谗(chán)言:无信,不要信;谗言,挑拨离间的坏话。

⑤ 棘（jí）：酸枣树。

⑥ 谮人罔（wǎng）极：谮人，说坏话的人；罔，无、没有；极，准则、标准。

⑦ 榛（zhēn）：榛树，一种灌木。

⑧ 构：陷害、污蔑。

解析

苍蝇是一种令人厌恶的昆虫，它们不去光亮洁净的地方，总是飞舞在腥烂腐臭的环境中，它们见缝就叮，四处散播病菌，这种为非作歹的本性，就好比唯恐天下不乱的小人。那些在背后挑拨离间的小人，是毫无原则和底线的，他们能让关系亲密的朋友反目成仇，能让和谐稳定的国家分崩离析。

《东周列国志》有个故事：春秋时，鲍叔牙和管仲是一对好朋友。管仲遭遇危难时，鲍叔牙挺身而出，不仅解救了管仲的危难，还让管仲受到国君齐桓公的重用，担任了国相。管仲死前，却没有向国君推荐鲍叔牙继任国相。于是，一群小人开始挑拨离间，说管仲不讲义气。鲍叔牙听到后，斥责那群小人，说："管仲忠心为国，不偏袒自己的朋友。这就是我当初保举他的原因啊！我性格太刚直，如果我继任了国相，你们这群小人还有容身之所吗？"

唯有清白正直的君子，才不会受小人的挑拨。若作普通人，早就和管仲反目成仇了。可是，即便君子不轻易受挑拨，小人们胡乱

往君子身上泼脏水，仍然会损坏君子的声誉，就好像苍蝇在白玉上停留，白玉就会受到玷污。

人无完人，每个人都会有缺点，小人们却专门挑君子的缺点说事，对君子求全责备。鲁迅说："战士战死了的时候，苍蝇们所首先发现的是他的缺点和伤痕，嘬着，营营地叫着，以为得意，以为比死了的战士更英雄……然而，有缺点的战士终竟是战士，完美的苍蝇也终竟不过是苍蝇。"

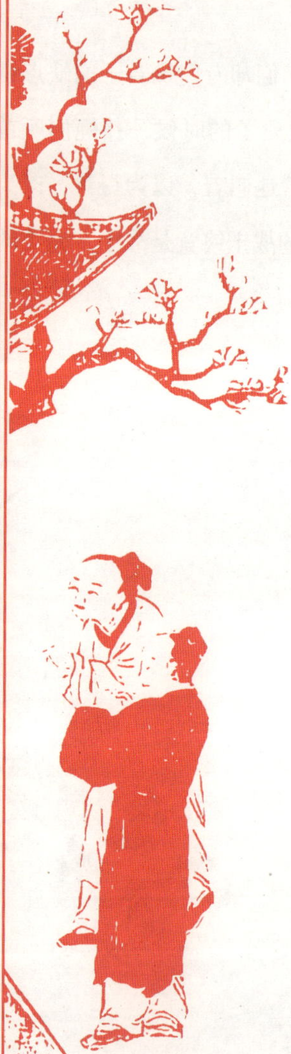

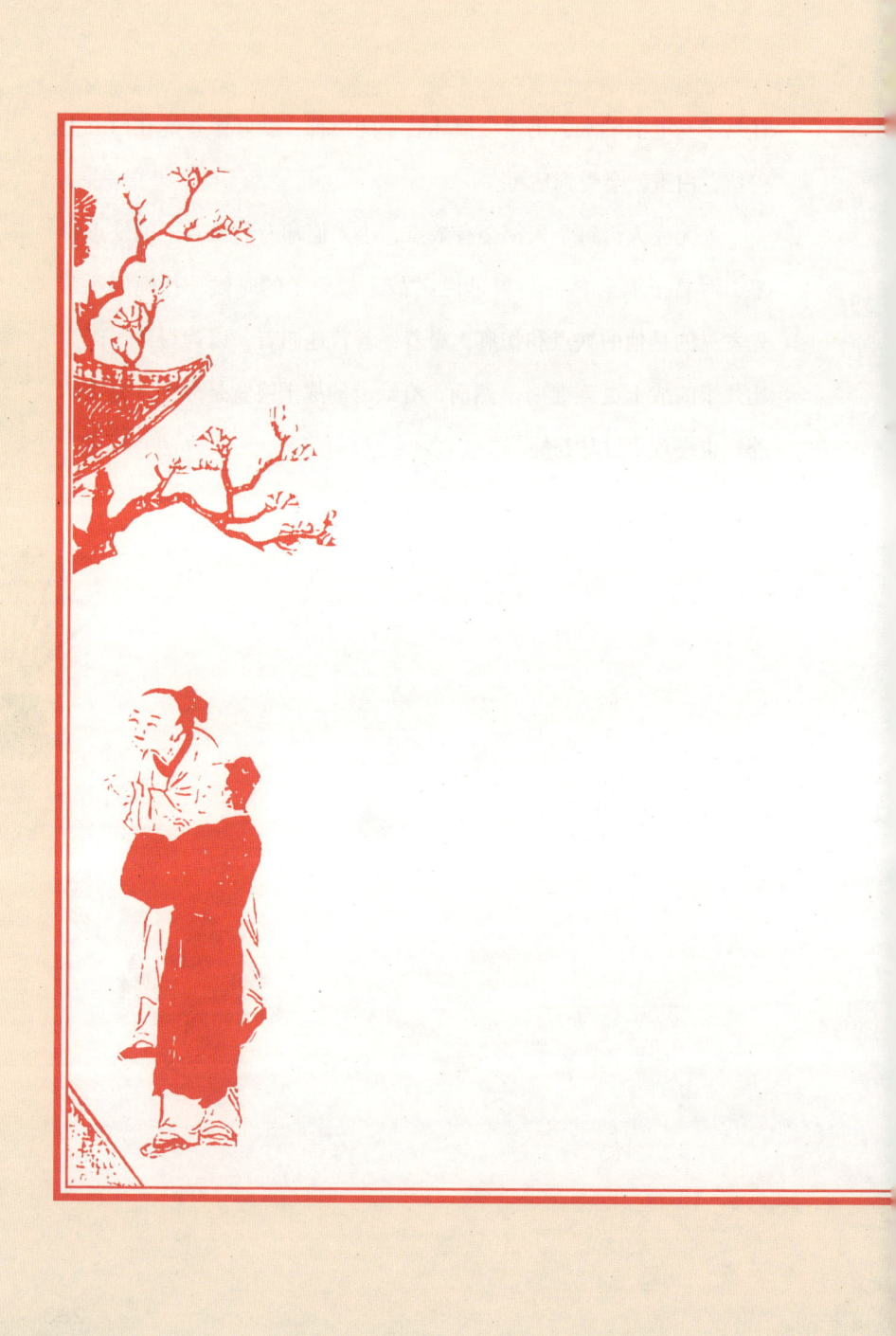

大雅

雅者，正也，诗歌之正声。政有大小，所以分大、小雅。「大雅」指朝廷正乐，是西周王畿的乐调，共三十一篇，为西周王室贵族的作品，大部分作于西周初期，小部分作于西周末期。主要记载了当时一些重大事件或政治变化，比如歌颂后稷、公刘、武王、宣王等先祖的功绩，也有部分反映周厉王、周幽王的昏庸暴虐之作。吴国季札评价「大雅」：「广哉，熙熙乎！曲而有体，其文王之德乎！」后来「大雅」引申为指高雅纯正的诗歌，也指德高有才或高尚雅正之人。

「大雅」之后是「颂」，「颂」是王室宗庙祭祀或举行重大典礼时的乐歌，因多是宣扬天命、歌颂祖先功德，多抽象说教，艺术价值相对逊色于「风」「雅」，本书篇幅有限，故未选入。

既醉

既醉以酒，	已饮美酒人沉醉，
既饱以德。	饱受恩德真可贵。
君子万年，	祝愿君王万万岁，
介尔景福❶。	让您拥有大福瑞。
既醉以酒，	已饮美酒人沉醉，
尔肴既将❷。	又奉佳肴与美味。
君子万年，	祝愿君王万万岁，
介尔昭明❸。	让您名声发光辉。
昭明有融❹，	伟大光辉能长久，
高朗令终❺，	高风亮节结局好。
令终有俶❻。	善终都因好开端，
公尸嘉告❼。	先王替身把话告。
其告维何？	先王好话是什么？
笾豆静嘉❽。	祭祀器具都周到。
朋友攸摄❾，	亲朋近友来辅助，
摄以威仪。	烘托庄严好仪表。

大雅

威仪孔时[10],　　　　　　　庄严仪表都合适,
君子有孝子。　　　　　　君王定有孝顺子。
孝子不匮[11],　　　　　　　孝顺子女出不穷,
永锡尔类[12]。　　　　　　永赐福分给同类。
其类维何?　　　　　　　孝顺儿孙如何样?
室家之壸[13]。　　　　　　好比宫道深又长。
君子万年,　　　　　　　祝愿君王万万岁,
永锡祚胤[14]。　　　　　　您的后代福禄广。
其胤维何?　　　　　　　子孙后代是如何?
天被尔禄[15]。　　　　　　上天给他福禄享。
君子万年,　　　　　　　祝愿君王万万岁,
景命有仆[16]。　　　　　　天命让您有后代。
其仆维何?　　　　　　　您的后代如何来?
釐尔女士[17]。　　　　　　赐您后妃有德才。
釐尔女士,　　　　　　　赐您后妃有德才,
从以孙子[18]。　　　　　　后面自有子孙来。

注释

❶ 介尔景福：赐给你大福。介，施予；尔，你；景，大。

❷ 尔肴既将：你的美味佳肴已经奉上。将，奉上。

❸ 昭明：光明、昭著。

❹ 有融：融融，盛长的样子。

❺ 令终：好的结局。

❻ 俶（chù）：开始。

❼ 公尸嘉告：公尸，古代祭祀祖先时，由一个人装扮成祖先，接受后人祭祀，这个人被称为"尸""公尸"说明是诸侯或君主的祖先；嘉告，好的话。

❽ 笾（biān）豆静嘉：笾豆，古代装食物的器皿，用来祭祀用；静嘉，洁净美好。

❾ 攸（yōu）摄（shè）：所辅助。

❿ 孔时：很好，很合适。

⓫ 匮（kuì）：断绝、竭尽。

⓬ 锡（cì）：通"赐"。

⓭ 壸（kǔn）：宫中的道路，深远而又庄严。孝子态度都深远而又庄严，家族就治理好了。注意："壸"和"壶"字不同。

⓮ 祚（zuò）胤（yìn）：祚，福；胤，子孙后代。

⓯ 被：加。

⓰ 景命有仆：景命，大命、天命；仆，随附、跟随他的人，这里指子孙后代。

⓱ 釐（lí）尔女士：釐，赐给；女士，有才德的女子。

⓲ 孙子：子孙。

解析

　　这首诗写的是周天子祭拜祖先的事情。周天子用洁净的器具装上美好的食物,恭恭敬敬地献给祖先,这是一种"孝"。祭拜祖先时,周天子的行为、态度都无可挑剔,所以祖先的魂灵感到喜悦,借"公尸"的口来赐福,让周天子的子孙将"孝"世世代代传递下去,发扬美好的德行。

　　古人所谓的"孝",绝不只是赡养父母那么简单。有一天,子游问孔子:"什么是孝?"孔子说:"现在世上人所认为的孝,是说能养着自己的父母。狗和马不是也能被养着吗?如果对父母不恭敬,那养父母和养一只狗、一匹马有什么区别?"可见,"孝子"不仅要养父母,态度也要恭敬,不要对父母恶语相向。

噫嘻

噫嘻成王[1]，	噫嘻祭祀周成王，
既昭假尔[2]。	请过神灵与先王。
率时农夫[3]，	率领这些农夫们，
播厥百谷。	播种各种谷与粮。
骏发尔私[4]，	迅速拿起那农具，
终三十里[5]。	大片土地待开荒。
亦服尔耕[6]，	从事耕作相配合，
十千维耦[7]。	万人齐心并排忙。

注释

[1] 噫嘻：祈祷天神时呼叫的声音。

[2] 昭假：表明人的诚敬上达于天帝。尔：语助词，相当于"矣"。昭，明，表明。假，通"格"，至、达。

[3] 率：带领。时：是，此。

[4] 骏：迅速。发：开发。尔：你，指田官。私：田官的私田。

[5] 终：尽。三十里：指私田。

[6] 亦：发声词。服：从事。尔：指田官。

[7] 十千：一万人。维：其。耦（ǒu）：两人并肩用犁耕地。

大雅

解析

  这是一首春天祈谷劝农的诗。后人对前两句的理解有歧义，如果"噫嘻成王"是直接点明主持祭祀者，那么这首诗便是创作于周成王时期；如果"噫嘻成王"是说被祭祀的对象是成王，那么祭祀者应该是成王的儿子周康王。周天子祭祀后率领农夫们播种谷物，勉励劳作。当然，周天子只是起示范和带头作用，从而表达对农业的重视。诗的后四句气象宏大，充满了对国安民勤的赞美，反映了西周初期的祭祀与农业生产情况。